인생의 똥차들과 쿨하게 이별하는 법

인생의 똥차들과 쿨하게 이별하는 법

초판 1쇄 펴냄 2018년 4월 13일

지은이 알렉산드라 라인바르트
옮긴이 유영미
펴낸이 고영은 박미숙

편집이사 인영아 | 편집진행 김정우
뜨인돌기획팀 이준희 박경수 김정우 이가현
뜨인돌어린이기획팀 조연진 임솜이 | 디자인실 이기희 김효진
마케팅팀 오상욱 여인영 | 경영지원팀 김은주 김동희

펴낸곳 뜨인돌출판(주) | 출판등록 1994.10.11.(제406-251002011000185호)
주소 10881 경기도 파주시 회동길 337-9
홈페이지 www.ddstone.com | 블로그 blog.naver.com/ddstone1994
페이스북 www.facebook.com/ddstone1994
대표전화 02-337-5252 | 팩스 031-947-5868

ISBN 978-89-5807-680-3 03850
CIP2018008708

인생의
똥차들과
쿨하게
이별하는 법

알렉산드라 라인바르트 지음 | 유영미 옮김

뜨인돌

목차

두 번째 똥차 :

세 번째 똥차 :

네 번째 똥차 :

다섯 번째 똥차 :

여섯 번째 똥차 :

들어가며

이 모든 일은 카트린에게 "엿 먹어!"라고 말한 것으로 시작되었다. 그렇다고 내가 원래 막말이나 하는 사람인 것은 아니다. 평소에는 그런 쌍소리를 입에 담지도 않는다. 평소는 물론이고 운전할 때에도 그런 소리는 안 한다.

그치만 카트린은(카트린도 알 건 알아야 한다) 늘 상대방(나)에게 뭔가 잘못한 것 같은 기분이 들게 했다. 알고 보면 자신이 가해자인데도 늘 자신이 피해자인 것처럼 행동하는 사람. 꼬마 애들이 카프리썬을 빨아먹듯이 남의 에너지를 빨아먹고 징징대면서, 스스로는 아무것도 바꾸지 않는 사람! 주위에 이런 사람 꼭 있지 않나?

카트린은 늘 징징거린다. 그 말들을 곧이곧대로 듣고 있자면 이 애가 우울증에라도 걸리는 게 아닌가 겁이 날 지경이다. 그렇지만 시간이 흐르면서 확실히 알게 되었다. 카트린이 우울증에 걸리는 일은 죽었다 깨어나도 없으리라는 걸. 이 애는 다만 철두철미하게 자기중심적인 인간일 뿐이라는 걸.

삶은 카트린에게 괴로움만 주는 것 같았다. 친구로 지내는 내내 그랬다. 카트린은 자신의 미래는 어둡고, 직장생활은 고통스러우며, 장 클로드와의 연애는 지지부진하고, 가족들과는 매일 싸운다고 했다. 뭘 더 어떡해야 할지 모르겠다나? 내가 물심양면으로 보살펴 주는 동안 그 애는 크루즈 여행을 떠났고, 파티를 열곤 했으며, 장 클로드와 결혼을 했다.

결혼한 지 며칠이나 지났을까? 카트린이 다시 괴로워하며("이 결혼생활을 얼마나 할 수 있을까? 난 어쩌다 이런 사람을 만난 거지?") 베네치아로 여행을 떠났을 때(내가 떠밀어 보냈다. 둘 사이 좀 나아지라고) 나는 카트린의 강아지를 봐주고, 카트린네 집 정원에 물을 주고, 그 집 수영장에 소금을 뿌려 수질관리를 해 줬다. 카트린이 사는 집은 어마어마하게 크고 럭셔리하다. 인테리어에도 그냥 돈을 처바르다시피 했다. 항상 돈이 없다고 징징거리면서도 할 건 다 한다.

그뿐이면 몰라. 카트린은 무슨 인류를 위해 봉사하는 자선운동가인 척한다. 자기 입으로 자기 같은 사람도 드물 거라고 그런다(사실 이런 말 때문에 이 애의 실체를 알게 되기까지 시간이 좀 걸렸다). 집 안을 고쳐 준 일꾼의 일당을 부르는 대로 다 쳐주었다며, "그 사람도 먹여 살릴 가족이 있을 거 아냐? 퍼뜩 그런 생각이 들어서"라고 말하고는 성모 마리아 같은 표정을 짓는다.

베네치아 여행을 마치고 돌아온 다음 날이었나? 카트린은 반쯤 정신 나간 표정으로 방금 장 클로드를 마사지 샵에 데려다주고 오는 길이라고 했다. 내가 추천한 호텔의 침대가 정말이지 **엉.망.진.창**이었기 때문이라나? 여행은 뭐 거의 재난 수준이었는데, 그런 열악한 상황에서도 자신이 간신히 최악은 면하게 만들었다고 했다.

그다음에 만났을 때는 친정 엄마가 아프다고 한탄을 했는데, 그게 다 자기 엄마가 칠칠치 못해서라는 듯 귀찮고 신경질 난다는 말투였다.

카트린은 하루도 편할 날이 없었다. 이게 해결되면 저게 문제였고, 저게 해결되면 또 뭔가가 나타났다. 늘 안달복달하는 와중에 항상 운명적인 사건이 벌어졌고, 자연히 우리 대화는 카트린을 중심으로 뱅뱅 돌았다. 어쩌면 카트린의 어머니는 그저 머리가 좀 아팠던 걸지도 모른다(알 게 뭐람?).

이제 상황이 좀 이해가 될까? 그렇다. 카트린을 둘러싼 세계는 늘 카트린을 중심으로 돌아간다. 어느 날, 나는 카트린을 중심으로 돌지 않기로 했다. 내가 무슨 위성이 된 것도 아니니까.

왜 진작 카트린을 정리해 버리지 않았는지 모르겠다. 내가 카트린 이야기를 할 때마다 내 파트너° L은 뭐하러 자꾸 카트린을 만나냐고 묻고는 했다. 하지만 나는 내가 카트린에게 이용당하고 있다는 걸 확실히 깨닫지 못하고 있었다. 어느 정도 사태파악을 하고 난 뒤에야 계속 이런 식으로 지낼 수는 없다는 걸 깨달았지만, 적극적으로 무슨 조치를 취해 볼 생각은 하지 못했다. 그러다가 《행복 프로젝트》라는 책을 작업하던 중 마침내 결심했다.

카트린과는 이제 끝이다아아아!!!

그전에는 친구관계를 단칼에 끊어 본 적이 한 번도 없었다. 서로 잘 맞지 않으면 연락이 뜸해지다가 자연스럽게 끊기는 식이었다. 그런데 찰거머리처럼 달라붙어 내 에너지를 빨아먹는 카트린 같은 경우는 그리 간단하게 끝날 것 같지 않았다. 이 관계를 어떻게 끝낸다? 좋은 방법이 생각나지 않았다. 어떻게 하면 지렁이처럼 몸을 비비 꼬지 않고 끝낼 수 있는지 그때는 몰랐다.

L은 아주 실용적인 조언을 해 주었다. "그냥 가서 이렇게 말해. 카트린, 너 정말 짜증 나거든? 더는 보지 말자." 그러고 나서 잠시 생각하더니 "이 ××년아" 하고 덧붙였다. L은 카트린을 도무지 더 참아 줄 수가 없었나 보다.

정말 L이 말한 대로 할 수 있는 사람도 있긴 하겠지. 하지만 난 아니다. 난 반대다. 나는 누군가와 부딪치면 먼저 사과를 해 버리

o 결혼을 하지 않고 동거하는 파트너. 독일은 동거인에게도 혼인 상태의 부부와 다름없는 법적 지원을 한다. (옮긴이)

는 타입이니까.

그래서 다른 방법을 생각해 보았다.

1. L한테 대신 말해 달라고 한다.
2. 새사람으로 태어나, 카트린에게 유감이지만 예전의 나는 죽었다고 한다.
3. 그냥 이 세상을 하직해 버린다.

그런데 얼마 뒤에 결정적인 순간이 찾아왔다. 나는 카트린과 카페에 마주 앉아 있었다. 다행히(?) 카트린은 그날도 어김없이 엄청난 구제불능이었다. 나는 부글부글 끓어오르는 분노를 기회 삼아 내 인생에 전설적인 일화로 남을 바로 그 일을 해내고야 말았다.

"카트린."

"응?"

"엿 먹어!"

이 정도 내뱉는 것쯤이야 아무렇지 않은 사람도 있을 것이다. 하지만 나는 이 말을 뱉자마자 키가 2미터쯤 되는 잔 다르크라도 된 듯한 기분이었다. 의자를 박차고 나오는데 내 몸이 슬로모션으로 움직이고 있는 것 같았고, 권투선수가 링에 오를 때처럼 어딘가에서 팡파르가 울리는 것 같았다. 외투를 어깨에 두르자 장식장에 놓여 있던 전단지들이 날렸고, 전단지들이 바닥으로 두둥실 떨어지는 동안 나는 고개를 꼿꼿이 세운 채 밖으로 걸어 나왔다. 어딘가에서 하얀 말이 기다리고 있다가 나를 또 다른 모험으로 데려갈 것만 같은 기분이었다.

"응? 잔 다르크는 권투선수가 아닌데?"

그날 저녁, L이 내 말을 듣다가 헷갈린다는 표정으로 말했다. 도대체가 남자들은 사람 말을 제대로 듣질 않는다니까. 한 귀로 듣고 한 귀로 흘리다가 단어 몇 개만 골라 마음대로 끼워 맞추고 말이지. 그러고는 자기가 끼워 맞춘 얘기가 이상하다 싶으면 바로 어깃장을 놓는다.

아무튼 중요한 것은 프랑스의 구국 영웅도, 권투선수도 아니다. 카트린도, 그 집의 소금물 수영장도 아니다. 나한테 중요했던 것은 "엿 먹어!" 이 한마디가 십 년 묵은 체증도 내려가게 할 만큼 속 시원했다는 것이다.

"일종의 해방감 아니었을까?"

그 순간의 기분에 대해 이야기하자 내 친구 안네는 이렇게 말했다. 그 말이 옳은 것 같았다. 그것은 해방의 몸짓이었다. 그 순간 내 귓가에 팡파르가 울린 건 그 재수 없는 카트린에게서 벗어나서가 아니라, 내가 나 스스로에게 짊어지게 한 제약에서 벗어났기 때문이었다. 그때 나는 **상대가 어떻게 생각하든 그냥 내 마음이 원하는 대로, 내가 옳다고 생각한 대로** 행동한 것이다. 멋진데?

그런데 왜 우리는 늘 그렇게 살 수는 없는 걸까? 그냥 마음 내키는 대로 살면 안 되나? 자유로운 영혼과 눈치코치 모르는 재수 없는 인간 사이의 경계는 어디쯤에 있는 걸까?

✖✖✖

이후 몇 달간 나는 카트린 없는 삶이 훨씬 행복하다는 걸 깨달았다. 또 내가 하는 일들 중 상당수가 내가 진정 원해서가 아니라 다른 사람들의 시선을 의식해서 하는 것임을 알게 되었다.

나는 왜 아이를 어린이집에 데려다주기 전에 얼굴에 뭘 덕지덕지 바르는 걸까? 그러고 싶으니까? 말도 안 돼! 그럼 왜? 끔찍한 소리지만 답은 이거다. 다른 부모들에게 잘 보이려고! 그 사람들 중에 한 90퍼센트는 좋아하지도 않는데 말이다. 나는 왜 가기도 싫은 회사 송년회에 억지로 참석했을까? 사장이랑 직장 동료들을 좋아해서? 아니, 전혀! 나는 왜 계속 단톡방에 남아서 한밤중에도 휴대폰이 울리게 가만 놔두는 걸까?

생각하면 할수록 내가 별로 좋아하지도 않는 사람들과, 별로 마음에 들지도 않는 곳에서, 내키지도 않는 일들을 하는 데에 너무 많은 시간을 보내고 있다는 사실이 확실해졌다. 엿 같은 일이다.

그런 일들을 점점 더 많이 떠올릴수록 내 계획도 구체적으로 변해 갔다. 카트린을 몰아낸 것만으로도 삶이 이렇게 편안해졌는데,

하고 싶지 않은 일들을 전부 내 삶에서 몰아내 버리면 얼마나 멋질까?

예를 들자면 회사 동료들에게 이렇게 말할 수 있을 거다.

나 : 미안하지만 퇴근 후에 한잔하러 가는 거 싫어요. 오늘만 그런 게 아니라 저 원래 그래요.

괜히 멍청한 핑계를 댔다가 나중에 탄로 날까 봐 뒷막음하느라 전전긍긍하는 것보다 이편이 낫다.

회사 동료 : 그런데 여동생분은 좀 괜찮아졌어요?
나 : 여동생이요? 전 여동생 없는데……?

이런 경험이 한 번도 없는 사람?

✖✖✖

"내 말 무슨 뜻인지 알겠어?"

그날 저녁에 L에게 물었다. L은 당근을 네모나게 썰다가 약간 난감한 듯 "으음……" 하고 소리를 냈다. 그러더니 "근데 그건… 그냥 무지막지한 이기주의자가 되겠다는 거 아닌가?"라고 했다.

"아냐. 지금 무슨 소릴 하는 거야?" 나는 그 의견을 무시해 버렸다. 하지만 L의 말이 옳았다. '해방의 몸짓'을 구사해 보겠답시고 재수 없는 인간이 될 확률이 적지 않았다. 그치만 뭐 어때? 나는 완전히 들떠 있었다. 내 앞에 놀라운 시간들이 기다리는 느낌? 내 시간과 에너지를 즐거운 일, 좋은 사람, 유쾌한 상황에만 투자한다면 과연 어떤 일이 일어날까?

"그렇지 않니, 아가?" 아이에게 묻자, 아이는 작은 양팔로 내 다리를 잡고 흔들었다. 그러고는 늘 그렇듯이 "초콜릿!"이라고 외쳤다. 그게 아이가 가장 좋아하는 말이니까.

바로 그거다. 초콜릿……!

초콜릿같이 달콤한 삶을 원한다고? 더 자유롭고 여유롭게, 더 주체적으로 살고 싶다고? 카트린 같은 애들이나 귀찮은 SNS, 모임 등에 시간을 낭비하고 싶지 않다고? 그런 사람들을 위해 이 책이 여기 있는 거다. 어떡하면 그런 삶을 살 수 있는지 도움과 영감을 주기 위해. 이 책을 읽는 독자들은 다음과 같은 정보를 얻게 될 것이다.

• 어떻게 똥차 같은 사람이나 일을 쿨하게 무시할 수 있는지

- 어떻게 해야 똥차 같은 사람이 되지 않을 수 있는지
- 그 일을 하는 와중에 어떤 일이 생겼고 어떤 장애물들을 만났는지
- 내 삶에서 정말 중요한 것과 그렇지 않은 것을 구분하도록 도와주는 기준은 무엇인지
- 사소한 결정이 삶의 질에 어떤 변화를 가져올 수 있는지
- 좀 웃기지만, 똥차들과 이별하는 데 도움이 되는 상상 연습

본격적으로 시작하기에 앞서서, 바로 위에서 언급한 좀 웃긴 상상 연습을 한번 해 보자. 우리가 언제든 마음속에서 불러올 수 있는 이미지를 떠올려 보는 것이다. 나한테 그랬듯이 당신에게도 이 연습이 멋지게 느껴지면 좋겠다.

투우사를 떠올려 보자. 올레~! 엉덩이 굴곡이 고스란히 드러나는 촌스러운 투우복을 입고 황소와 싸우는 사람들 말이다. 당신이 그 투우사가 되었다고 상상해 보자. 당신은 투우사가 흔들어 대는 빨간 천을 가지고 있다. 머릿속에 그림이 그려졌나? 그럼 된 거다.

이제부터 이 책을 보다가 인생에서 치워 버리고 싶은 것들이 나온다면 그냥 우리 앞을 달려서 스쳐 가게 하자. 오든 말든 놔뒀다가 코앞에 왔을 때 투우사처럼 우아하게 폴짝 옆으로 뛰는 거다. 아슬아슬하게 당신의 엉덩이를 스치고 지나가도록. 올레~!

당신을 도와줄 사람도 소개해 주고 싶다. 실은 하고 싶은 일만

하며 사는 게 좋은 건지 곰곰이 생각하던 와중에, 이미 그렇게 살고 있는 사람이 한 명 떠올랐다(물론 아이들은 제외다. 아이들은 늘 하고 싶은 것만 하고 사니까). 이 친구의 이름도 올레다.

올레는 어린 시절 같이 학교를 다녔던 친구인데, 지금은 사업가로 승승장구하고 있다. 체감 신장이 한 2미터 50센티 정도? 정말 쿨한 타입인데, 하기 싫은 일은 절대로 하지 않는다. 단톡방에 들어오지 않는 것은 물론이고, 내키지 않으면 회사에서 주최하는 크리스마스 파티에도 안 간다. 그런데도 꽤나 인기 있는 사장이며, 친구도 많고, 가족들도 스마트하다.

올레는 누가 이사한다고 해서 들여다보는 타입이 아니다. 포에트리 슬램°에 가서 누군가를 응원할 리도 없는 사람이다. 누가 와 달라고 100번을 빌어도 끄떡 안 한다. 하지만 오케이. 올레는 그렇게 살고, 그래도 사람들은 그를 좋아한다.

직장에서 누가 서류 좀 봐 줄 수 있냐고 하면 나는 얼른 이렇게 대답한다. "물론이지. 이리 줘 봐." 그러다 보면 내 일을 할 시간이 부족해져서 스트레스를 받고, 급기야는 나 자신에게 마구 화가 치민다.

누군가가 올레에게 잠깐 서류 좀 봐 줄 수 있느냐고 물으면 올레는 "응? 안 돼" 하고 딱 자른다. 그래도 별일 안 난다. 올레는 여유

° Poetry Slam. 자신이 쓴 자유시를 역동적으로 낭독하는 대회. 서구권에 많이 퍼져 있는 문화다. (옮긴이)

롭고, 스트레스가 적고, 자신에게 화를 내지도 않는다. 사람들은 그를 좋아한다. 좌우지간 그는 좋은 사람이니까.

올레는 내가 인생의 똥차들을 떠나보내는 데 큰 도움을 주었다. 까다로운 상황에 닥칠 때마다 나는 '올레라면 어떻게 했을까?' 하고 머리를 굴렸다. 그럴 때면 올레가 2미터 50센티의 거구로 내 옆에 서서 "그럴 필요 없어. 절대로 그러지 마. 알았지?" 하고 격려해 주는 것 같았다.

당신 주변에도 올레 같은 사람이 있을까? 그렇다면 마음속으로나마 그와 동행하자. 그런 사람이 주변에 없다면 내 친구 올레를 빌려주겠다.

그럼 이제 시작해 보자.

똥차들과 이별하는 일이 왜 그리 어려울까?

그냥 별일 아니라는 듯, 우리의 친구 톰에게 이렇게 이야기하는 일이 왜 그리 어려운지 한번 생각해 보자.

"톰, 오늘 저녁에 그 윗동네에서 열리는 포에트리 슬램에 나간다고 했지? 잘해. 난 못 가. 정말 급하게 해야 하는 일이 있거든. 음……. 소파에 누워 있어야 해."

저녁에 기분 좋게 강아지를 끼고 소파에 누워 쉴 수도 있는데 윗동네에 가서, 힘주면 부서질 것처럼 삐걱거리는 나무 의자에 앉아 무알코올 맥주나 마시며 톰의 시를 들어야 한다니. 이건 거의 재앙 아닌가! 톰의 시는 내 귀에 이런 식으로 들린다.

발레, 발레, 산달레
슈멕 슈멕 아이!
진 산달레, 발레
미미 하이

홍포르트! 호르히,
샬레, 샬레, 샬레—
군푹 베슈텔라이!

헤름프라우 프로이, 아이델라이
스니펠 디 산달레?
슈멕 슈멕 아이°

내가 거짓말하는 게 아니다.

그러고 나면 피곤한 몸을 이끌고 집으로 돌아가, 내가 그러고 있는 동안 아늑한 시간을 보냈을 강아지와 남자 친구에게 공연히 심술을 부리게 된다. 그럼 또 뾰로통한 상태로 잠자리에 들겠지. 거기서 끝이 아니다. 자려고 누운 뒤에는 어떤 핑계를 대야 다음 주 수요일에는 포에트리 슬램에 안 갈 수 있을지를 머리 싸매고 고민

° 맥락에 맞지 않는 단어들과 의미 없는 말소리들이 나열되어 있어 원문 발음 그대로 두었음. (옮긴이)

해야 한다. 톰이 다음 주에는 아랫동네에서 열리는 포에트리 슬램에 출전한다는 거다!

뭔가 잘못되었다. 톰을 좋아한다는 이유만으로 산달레° 어쩌고 하는 소리가 난무하는 같잖은 시를 들어야 한단 말인가? 그럴 필요는 없다. 이 때문에 톰을 떠나보낼 필요는 없지만, 포에트리 슬램은 그냥 쿨하게 무시해 버릴 수 있다.°°

사실 속 시원히 말하지 못하고 고민하는 것도 당연하다. 우리는 어려서부터 다른 사람에게 친절하고, 상처 주지 말고, 배려해야 한다고 배웠다. 오해하지 말기를! 당연히 재수 없는 사람인 것보다는 친절한 사람인 게 낫다. 늘 좋은 사람인 것처럼 코스프레를 하는 게 쉽지 않아 문제지. 하지만 나는 어려서부터 배운 것들이라도 뒤집어 생각해 볼 수 있어야 한다고 생각한다.

춤추는 고양이 노래를 아는지 모르겠다. 아주 오래된 이 동요는 이렇게 시작된다.

고양이 혼자서 춤을 추네.
고양이 춤추네.
한 발로 춤추네.

° 독일어로 샌들이라는 뜻. (옮긴이)

°° 물론 포에트리 슬램은 멋진 행사다. 정말이다. 거기에서 낭송하는 시들은 너무나 재미있고, 기발하고, 감동적이고 환상적이다. 다만 톰의 시는 아니라는 게 문제다.

이어서 별별 동물들이 지나가면서 고양이에게 함께 춤추자고 한다. 하지만 헛수고다. 이런 식이다.

고슴도치 고양이에게 다가왔네.
내게 네 앞발을 건네주지 않겠니?
(고양이는 거부한다)

싫어, 고슴도치랑은 춤추지 않을래.
고슴도치는 너무 따가워.

토끼는 너무 깡총거려서 싫고, 강아지는 너무 짖어 대서 같이 춤추기가 힘들다. 그러다 드디어 수고양이가 나타난다.

수고양이 암고양이를 쓰다듬었네.
부드러운 키스를 하네.
암고양이 좋아하네!
둘은 같이 춤을 춘다네.
그루터기를 넘고, 바위를 넘어……

아! 정말 멋진 노래 아닌가? 나는 그렇게 생각한다. 고리타분한 가사 같아 보일 수도 있지만 아니다. 만일 아이들에게 춤추고 싶어 하는 모든 동물들을 무시하지 말고 배려해야 한다고 가르치려거나, 모두가 평등하며 그 누구도 불이익을 당해서는 안 된다고 가르치려면 가사를 이렇게 바꾸어야 할 것이다.

고슴도치 고양이에게 다가왔네.
내게 네 앞발을 건네주지 않겠니?
싫어, 고슴도치랑은 춤추지 않을래.
고슴도치는 너무 따가워.
하지만 고슴도치, 몸을 구부리더니
고양이에게 뭐라고 귓속말을 했네.
그러자 둘은 춤추기 시작했네.
그루터기를 넘고 바위를 넘어……

나타나는 동물마다 고양이에게 뭐라 뭐라 귓속말을 하고 고양이는 못 이겨서 함께 춤을 춘다? 과연 그래야 할까? 고슴도치는 따가워서 싫다고 소리 지르면 안 되나? 고슴도치 가시가 얼마나 따가운데! 나는 콕콕 찌르는 가시가 있거나 호들갑스럽게 깡총깡총 뛰거나, 시끄럽게 짖어 대는 파트너랑은 춤출 필요가 없다고 생각한다. 전혀!

아무하고나 춤추다가는 정작 수고양이가 나타났을 때 아무것도 못 할 것이다. 그러면 그 난리법석은 이렇게 진행되겠지.

수고양이, 모두를 데리고

함께 발을 맞춰 춤을 추었네.

한 번은 시끄럽게, 한 번은 조용하게

둥글게 원을 만들어 춤을 추었네.

저녁노을이 질 때까지

그러고 나서 모두들 집으로 돌아갔네.

다 같이 춤추다가 모두 집에 가 버린다. 끝! 일본인 단체 관광객들마냥. 휴우…….

아이들은 다른 사람의 부탁이나 요청을 거절해서는 안 된다고 배운다. 그렇게 자라 어른이 되면, 똥을 뒤집어쓴 기분으로 포에트리 슬램이 열리는 윗동네 어딘가에서 삐걱거리는 의자에 앉아 있겠지.

어떨 때 아이들은 자기가 가지고 놀던 장난감마저 내줘야 한다. 이것이 지금도 독일 전역의 놀이터에서 매일같이 일어나고 있는 참사다.

레온 알렉산더라는 애가 장난감 자동차를 가지고 놀고 있는데 벤 루이스라는 애가 와서 그 장난감에 눈독을 들인다. 벤 루이스의 마음을 알아챈 레온의 엄마는 코맹맹이 소리로 아들에게 이렇게 말한다.

"레온, 벤에게 자동차 좀 빌려줘. 넌 벌써 한참 가지고 놀았잖니?

어서. 양보해야지? 착하다, 우리 아들! 벤이 좋아할 거야."

장난감을 주기 싫은 레온은 몸을 배배 꼬다가 결국엔 눈물까지 글썽이지만, 레온의 엄마는 레온이 자동차를 벤에게 내밀 때까지 계속 다그친다. 그 장난감은 레온 건데! 하지만 벤도 운이 없긴 마찬가지다. 얼마 안 가 근처에 사는 아이들이 와서 그 장난감에 눈독을 들이는 바람에 받자마자 또 금방 줘 버리게 될 테니까.

아이들은 자기에게 중요하지 않은 것은 눈치 보지 않고 무시한다. 요람에서부터 타고난 능력이다. 그런 면에서 아이들은 강아지랑 비슷하다. 원칙은 이것이다. "가지고 놀 수도 없고 먹을 수도 없어? 그러면 그 위에 오줌을 싸 버려! 그리고 내버려 둬!"

아이들은 아직 쾌락 원칙을 따른다. 의식적인 결정을 내리지 않는다. 쾌락 원칙은 다음과 같다.

- 초콜릿 = 좋은 것 = 먹을 수 있는 만큼 먹는다.

몇 번 배탈이 나거나, 부작용을 경험한 다음에야 이런 원칙에 의문을 품기 시작한다.

사춘기쯤 되면 삶은 한층 더 고달파진다. 대부분 그렇다. 그때부터는 친구들의 의견이 엄청나게 중요해진다. 이것들이 헤어스타일, 음악 취향, 패션, 더 나아가 정체성에까지 영향을 미친다. 질풍노도의 시기를 맞은 아이들은 방향을 설정해 줄 사람을 필요로 하고,

제일 멋져 보이는 모습에 자신을 맞추려고 노력한다.

특히 여자아이들이 남자아이들보다 더 힘들다. 아직 구시대적인 여성상이 남아 있고, 미디어와 하이디 클룸 같은 이들이 무의식적인 압박을 가해 오기 때문이다. 내 아이는 세 돌도 지나지 않아 이미 사태를 정확하게 파악했다. 어디선가 텔레비전 광고를 보고 오더니 이런 말을 한 것이다. "어… 여자들은 벗고 있고, 남자들은 말을 해." 그렇다. 그래서 여자들은 처절할 정도로 외모에 신경을 쓴다. 거의 목숨을 걸다시피 하는 사람도 있다.

그러니 이 주제부터 시작해 보겠다.

첫번째 똥차

나를 옭아매는 나 자신

똥차 리스트 ❶ 자기 자신

- 다이어트는 이제 그만!
- 꼭 완벽하게 꾸미고 다녀야 할까?
- 자기계발? 다 쓸데없어
- 필요 없는 물건 정리하기

✖✖✖

자기 자신에 대한 것에서부터 시작하는 게 좋겠다. 우리는 늘 자기 자신을 못마땅해하고, 뭔가를 바꾸고 개선해야 할 것 같은 느낌을 가지고 살아가니까. 엉덩이 살은 빼고 싶고, 통장 잔고는 좀 더 두둑해야 할 것 같고, 자존감도 키우고 싶고, 성생활은 짜릿함을 잃어서는 안 된다. 그만두었던 운동도 슬슬 다시 시작해야 하는데 어쩐다? 이제 시작해 보자. 내친 김에 초콜릿 한 개 입에 넣은 다음 시작해도 좋겠다.

일반적으로 사람에겐 기본값이 되는 몸무게가 있다. 몇 날 며칠을 굶거나 어마어마하게 폭식하지 않는 한(크리스마스 시즌은 예외로 두고) 우리의 몸무게는 그 기본값 주변을 넘나든다. 그리고 이 몸무게와 비키니는 별 상관이 없다.

다이어트는 이제 그만!

한때는 나도 비키니가 어울린다는 사회적 공인을 받을 만한 몸매였다. 한… 열네 살 적에? 그러나 이후 내 몸매와 비키니는 각자 제 갈 길을 가더니 급기야 영 딴 세상에 속하게 되었다. 이제 두

세계가 합쳐질 전망은 없는 것 같다. 약간의 외교관계라도 맺으면 좋으련만, 그럴 기미조차 보이지 않는다. 풋풋했던 열다섯 살 이후(약간의 과장을 보탠다면 몇 년 전이라 할 수 있겠다) 나는 여름만 되면 배를 집어넣는 데 총력을 기울였다. 호수에서, 바다에서, 수영장에서, 나는 6월에서 8월까지는 얕은 숨만 쉬었고, 80년대에 배가 드러나는 수영복이 유행했을 때는 그냥 최대한 숨을 참았다. 그랬는데도 아무런 후유증이 없는 건 지금 생각해도 놀라운 일이다.

감사하게도 여성지들은 앉아 있으면 대책 없이 접히는 뱃살을 어떻게 감출 수 있는지 앞다투어 조언해 주었다. 덕분에 나는 등을 대고 똑바로 누워 다리만 약간 접은 자세를 하고 있을 때 가장 날씬해 보인다는 걸 알게 되었고, 그런즉 내가 취할 수 있는 유일한 자세는 목욕수건을 깔고 누운 바로 그 자세였다. 키 크고 날씬한 애들이야 책상다리를 하든 걸상다리를 하든 자기 맘이겠지만. 그런데 그런 애들은 대부분 수영복 위에 티셔츠를 덧입고 있는 경우가 많다. 납작한 가슴을 가리려는 것이다. 그렇다. 하늘 아래 완벽한 몸매는 존재하지 않는다.

세월이 흐르면서 이 문제를 좀 편안히 대할 수 있게 되었지만, 완전히는 아니었다. 나는 의자에 앉을 때 여전히 앞쪽 끝에 걸터앉곤 하는 나 자신을 발견한다. 그렇게 하는 편이 다리가 날씬해 보이기 때문이다. 언제부턴가 버릇이 들어 저절로 그렇게 하게 된다. 치열이 고르지 못한 사람이 이를 드러내 보이지 않고 웃는 것과 비슷하다.

이번 생에서는 아무리 노력해도 비키니와는 거리가 먼 삶을 살게 될 것임을 알고 있다. 그럼에도 계속 그런 몸매가 되도록 노력해야 할 것 같은 느낌이 드는 건 어쩔 수 없다. 옷장 속에는 내 사이즈보다 정확히 한 사이즈 작은 청바지가 경고를 하듯 버티고 있다. 이 청바지는 내가 속옷만 입고 옷장 앞에 설 때마다 눈을 부릅뜨고 나를 쳐다볼 것이다. 그럴 수만 있다면 말이다. 난 자신감 있게 행동하는 여성이라면 신체 사이즈와 관계없이 무조건 매력적이라고 생각하는 사람인데도(코가 길건, 머리가 엉켰건, 엉덩이가 크건, 배가 나왔건) 이런 생각을 하게 된다.

자꾸 비키니 몸매를 지향해야 할 것만 같은 생각이 드는 건 내 아이가 이미 말한 바처럼 "여자는 벗고 남자는 말을 하는" 그 어떤 시스템 때문임이 틀림없다.

※✖※

"비키니를 입으면 그게 비키니에 어울리는 몸매인 거지, 별거 있어?" 호수로 가는 차 안에서 안네에게 말했다.

비키니 몸매에 대한 새로운 정의를 내리고 싶었다. 나는 하루를 통째로 비운 뒤 안네와 호수로 출발했다. 나는 안네에게 나의 새로운 계획을 설명하고, 이제 비키니 몸매와는 이별하기로 했다고 말

나는 비키니 몸매인가?

최소한 거기에 근접이라도 하는가?

예

아니요

먹는 양은 줄이고 운동량은 늘려서라도

비키니를 입고 싶나? (정말?)

예

아니요

마른 여자가 아름답다고 생각하는가?

예

아니요

지금까지 이 책을
읽어 주셔서 감사합니다. ^^

계속
읽으세요!

했다. 하지만 그 순간 "야!" 하고 경고의 소리를 내야 했다. 안네가 내 엉덩이 쪽을 곁눈질하고 있었기 때문이다.

호수에 도착해서 풀밭에 수건을 깔았다. 안네가 얇은 원피스를 벗는 모습을 보며 나는 다시금 부러움에 몸을 떨어야 했다. 저 길고 날씬한 다리와 군살 없는 배, 이제껏 도넛 하나도 '도킹'한 적 없는 것 같은 저 허리선! 안네는 채식주의자인 데다가 친환경 식품만 먹는다. 백설탕이나 밀가루는 입에 대지도 않고 냉동식품도 삼가고 락토프리 제품만 먹는다. 잊지 말아야 할 것은, 그녀가 나비처럼 순전히 이슬만 먹고 살던 시기가 있었다는 것이다. 우리는 이슬로 그녀를 키웠다.

혹시 다음 생이 있어서 내가 안네 같은 다리를 갖게 된다면 나는 매일매일 미니스커트나 스키니진, 핫팬츠만 입고 다닐 것이다.

"난 다시 태어나서 가슴 파인 옷 좀 입어 볼 수 있으면 좋겠다." 안네가 탄식했다. 우리 둘 모두 비키니 차림이 되었다. 비키니를 입자마자 푸짐한 내 몸매가 드러났다. 나는 자동적으로 배를 집어넣었다. 엉덩이건 허벅지건 허리건 집어넣을 수만 있다면 전부 집어넣었을 것이다.

심호흡을 하고 의식적으로 몸을 편안히 하자 배가 불룩 제자리로 튀어나왔다. "잠잘 때처럼 누워 봐. 그 자세가 가장 편할 거야." 안네가 권해서 나는 순한 어린양처럼 그 말을 따랐다.

"어때? 기분이?"

잠시 후 용을 쓰며 옆으로 누워 있는 내게 안네가 물었다.

"물가로 떠밀려 온 고래 사진 본 적 있지?" 내가 되물었다. 그 이미지랑 내 모습이 상당히 잘 들어맞는다는 생각에 기분이 나빠졌다. 옆으로 누워도 보고 앉아도 봤지만 점점 참담해졌다. 책상다리로 앉아도 마찬가지였다. 울룩불룩 튀어나온 살들과 접힌 부분이 계속 신경 쓰였다. 기분이 다운되다 못해 약간 우울해질 지경이었다.

"나도 채식 좀 할걸. 그놈의 백설탕이랑 냉동식품은 왜 그리 맛있는 거야? 디저트도 꼭 한 접시 더 먹고 말이지. 운동은 미루고 또 미루고……. 초콜릿도 한 조각 먹으면 됐지 기어이 한 조각 더 먹는다니까."

"그야 당신이 초콜릿을 좋아하니까." 뒤쪽에서 이런 말이 들렸다. 환청인가 싶어 돌아보니 커다란 목욕수건을 든 L이 아이와 강아지를 데리고 서 있었다. 잠시 짬을 낸 L이 커다란 수박 한 덩이를 들고 온 것이다.

강아지와 아이와 L이 날 보고 함박웃음을 짓고 있었다. 그 모습을 보자 신기하게도 화가 온데간데없이 사그라들었다. 나는 상어 무늬 수영복을 입은 아이를 물가로 데려갔다. 강아지가 마구 꼬리를 흔들며 우리를 쳐다봤고, L은 먹기 좋은 크기로 수박을 잘랐다. 바다 괴물 흉내를 내며 아이와 노는 동안, 멀리서 보면 내가 얼마나 뚱뚱해 보일까 하는 생각이 얼핏 들었지만 그러든지 말든지.

아이가 즐거워하며 꺄악꺄악 소리를 지르고 몸을 돌려 다시 아빠 쪽으로 마구 달려갔다.

나 역시 목욕수건이 있는 데까지 아이와 경주를 했다. 내가 사슴 같지는 않을 거란 사실은 잠시 잊었다. 그냥 웃음이 났기 때문이다. 수박을 먹으려고 책상다리로 앉을 때도 잠시 멈칫했지만, 앞에 앉은 가족들과 강아지를 보자 다시 기분이 좋아지면서 안정감이 느껴졌다. 이상한 일이었다. 우정과 사랑, 호의 같은 것들을 느끼면서 부정적인 감정이 끼어들 여지가 사라진 것이다.

주위를 곁눈질하는 것도 도움이 되었다. 뭐랄까, 우리가 제니퍼 로페즈와 벤 애플렉 사이에 앉아 있는 것은 아니니까! 그 반대였다. 평범한 사람들 사이에 있다는 점을 깨닫게 되자 그리 기분이 나쁘지 않았다. 난 내 살들을 내려다보는 대신 아이 얼굴에 묻은 수박물과 L의 반짝거리는 눈을 보았고, 안네가 지난번 피정에서 경험한 황당한 이야기를 들었다.

태양은 어느덧 황금빛으로 물들었고, 나는 L의 등에 기대어 앉아서 안네가 아이를 데리고 물에 돌을 던지며 노는 모습을 지켜보았다.

"당신도 그럴 때 있어? 더 훤칠해지고, 날씬해지고, 근육도 탄탄해지고… 음… 그러니까 더 멋진 몸매를 갖고 싶을 때." L은 나를 힐끔 보더니 "당신은 내가 날씬해지고 키가 커지고 근육이 생기고 그러면 좋겠어?"라고 되물었다.

나는 잠시 L을 머리에서부터 발끝까지 스캔했다. 물론 장난으로. 내 대답은 확실하게 'No'이기 때문이다. 나는 L이 달라졌으면 하지 않는다. 그냥 지금 그대로의 L이 좋다. "그럼 나도 달라지고 싶지 않아"라고 L이 말했다.

그날 저녁, 아이가 지쳐서 일찌감치 꿈나라로 가 버린 뒤, 나는 체리 소스를 얹은 판나코타(이탈리아식 스위트 푸딩)를 먹었다. 이 아름다운 하루가 행복했고, 햇볕에 건강하게 그을린 구릿빛 몸이 뿌듯했다. 처음으로 배 말고도 몸 전체를 고루 태우게 된 것이다! 나를 노려보는 청바지는 먼지 낀 그곳에 여전히 그대로 있다. 그곳에서 뭐라고 악다구니를 쓰고 있을지는 나도 모르겠다.

꼭 완벽하게 꾸미고 다녀야 할까?

외모는 상당히 민감한 문제다. 이 문제에 눈이 번쩍 뜨였던 순간이 있다. 사춘기 시절, 엄마와 함께 길을 걷고 있을 때였다. 엄마는 사람들이 북적이는 시내 한가운데에서 우뚝 멈추어 서더니 어안이 벙벙하다는 듯 나를 쳐다보았다. 이 화창한 오후, 엄마는 레겐스부르크의 보도를 활보하는 남자들의 시선이 더 이상 자신이 아니라 딸(나)에게로 향하고 있음을 깨달았던 것이다. 마치 모두들 그렇게 하기로 짜기라도 한 것처럼 말이다.

처음엔 그래서 엄마가 실망한 줄 알았다. 하지만 반대였다. 놀란 것도 잠시, 엄마는 "하하, 내 어깨에서 무슨 무거운 짐이라도 떨어져 나간 기분이다, 얘"라며 웃었다.

고작 열예닐곱밖에 안 된 나이였던 나는 엄마의 말이 이해되지 않았다. 더 이상 남자들의 관심을 끌지 못하는 게 뭐 그리 홀가분하다는 걸까? 이성의 관심을 받는 것, 그것이 사춘기 여자아이들의 최대 관심사 아니던가!

이제야 나는 엄마가 왜 그렇게 즐거워했는지 알 것 같다. 그때 레겐스부르크의 보도에서 떨어져 나갔던 짐은 바로 엄마 자신이 스스로에게 부과한 짐이었던 것이다. 엄마는 자기가 만든 이미지에 자신을 맞추고자 노력했고, 세월이 지날수록 노력 대비 성과가 미미해졌다. 그리고 그런 노력이 더 이상 통하지 않게 되었다는 것을 알게 되자 비로소 "이제 됐어!"라 외치며 그 짓을 그만둘 수 있었다.

나는 아직 "이제 됐어!"라 외칠 만한 나이는 아니다. 하지만 굳이 그렇게 예뻐 보이려고 노력할 필요가 있을까? 월요일 아침 일곱 시부터 온갖 수단을 다 동원해 가며 말이다. 외모에 대해 좀 편안하게 생각하고 예뻐 보이고자 노력하는 걸 그만두자는 생각은 자못 유혹적이었다.

우리는 다른 사람들을 의식하기 때문에 자기 자신을 꾸민다. 아이라이너, 마스카라, 컨실러, 파우더……. 만약 이 난리법석이 자신을 위한 것처럼 느껴진다면, 이것들로 무장을 하고 나면 자신감이 생기고 당당해져서일 것이다.

물론 그건 좋은 느낌이다. 하지만 그 느낌은 애당초 우리가 제과점의 판매원, 직장 동료, 지하철이나 구내식당에서 마주치는 사람들, 어린이집에서 마주치는 학부모들, 슈퍼마켓 계산원의 시선에 연연하기에 생기는 것이다. 다시 말해, 나의 외모에 대한 그들의 생각을 무시해 버리지 못하는 데서 생긴 것이라는 말이다. 내 외모는 내 인간성, 신뢰성, 구매력, 식사예절 준수 여부 등과는 아무런 연관도 없지 않은가?

아침마다 드래그 퀸(여장 남자) 올리비아 존스만큼이나 치장하고 꾸밀 수도 있겠지. 하지만 "다른 사람들이 내 눈썹을 보든 말든 무슨 상관이야?"라는 말에 "그래, 난 신경 안 쓴다니까?"라고 맞장구칠 수만 있다면 아침마다 얼굴에 그림 그리는 짓을 그만둘 수 있을 것이다. 급하게 다리털을 밀다가 욕실 바닥에 핏자국을 남기는 대신 느긋하게 샤워를 하고 커피를 마실 수도 있고. 아니면 소파에서 휴대폰 게임을 한 판 하든가. 어때, 환상적이지?

며칠 뒤 일요일 아침, 머리도 안 빗고 화장도 안 한 얼굴로 추리닝 바지에 헐렁한 티셔츠만 입고 쓰레기봉투를 든 채 현관문을 나섰다. 전성기 때 브리트니 스피어스가 된 기분이었다. 다른 점은 나무 뒤에 파파라치가 없다는 거? 사람들이 나를 남자로 착각하지 않도록 목에 짧은 스카프 하나 두른 것이 남들을 위한 유일한

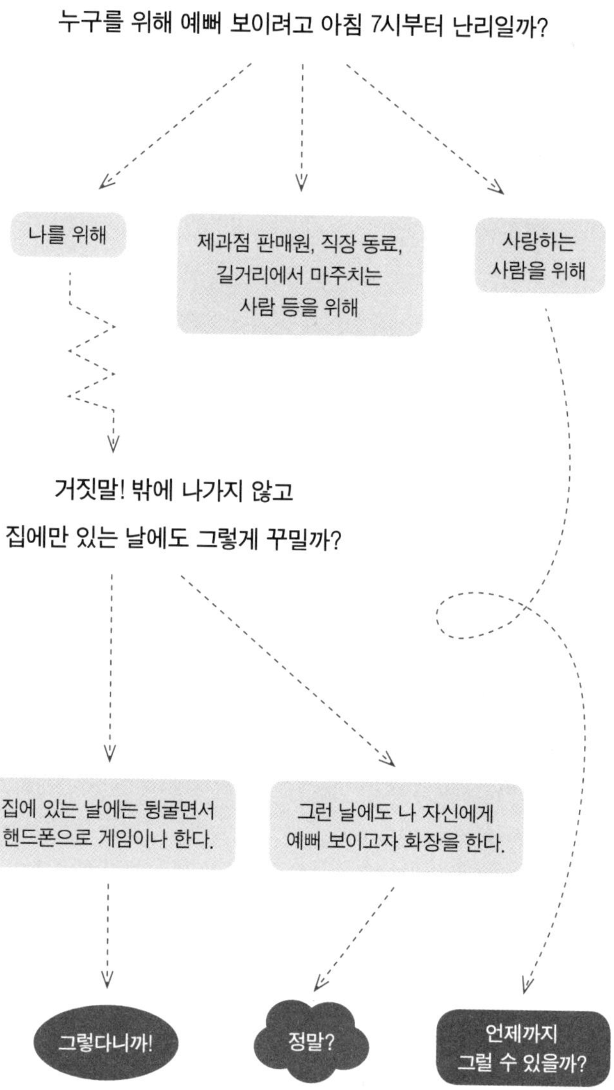
누구를 위해 예뻐 보이려고 아침 7시부터 난리일까?
나를 위해
제과점 판매원, 직장 동료, 길거리에서 마주치는 사람 등을 위해
사랑하는 사람을 위해
거짓말! 밖에 나가지 않고 집에만 있는 날에도 그렇게 꾸밀까?
집에 있는 날에는 뒹굴면서 핸드폰으로 게임이나 한다.
그런 날에도 나 자신에게 예뻐 보이고자 화장을 한다.
그렇다니까!
정말?
언제까지 그럴 수 있을까?

배려였다.

그 모양새로 빵집에 갔는데 기분이 아주 새로웠다. 예상과 달리 눈곱만큼도 불안하거나 기분이 나쁘지 않았다. 그 반대였다. 굉장히 여유롭고 자신감 있고 주체적인 귀부인이라도 된 것만 같았다. 인격과 카리스마를 갖춘 나는 마스카라가 필요 없는 사람이다! 나를 보라! 거인이라도 된 것 같은 기분이었다. 그저 뭔가를 생략해 버렸을 뿐인데 말이다. 빵집을 한 바퀴 돌며 여왕처럼 가볍게 팔을 굽혀 인사라도 해야 할 것 같았다. 정말로 그럴 뻔했다니까! 다행히 가까스로 정신을 차리고 빵을 사는 순간, 이 가게를 드나든 이래 처음으로 제과점 직원보다 더 기분이 좋아졌다.

나는 들뜬 기분으로 집에 돌아와 다음 단계에 도전하기로 했다. 화장하지 않은 맨얼굴로 회사에 출근하기! 나는 재택근무를 하지만 일주일에 두세 번은 사무실에 나가야 한다.

혹시 한 번이라도 광고회사에 가 본 적이 있는지? 그곳은 정말이지 모든 게 세련되었고 모던하며 쿨하다. 소형차와 맞먹는 가격의 커피 머신이 있고(성능도 비슷하다) 화장실에 걸린 수건에서조차 레몬그라스 향이 나며, 사무실 군데군데에는 낱개로 포장된 초콜릿과 과일 접시가 놓여 있다. 사무실에 놓인 집기들은 모두 크롬 아니면 유리 재질이라 시선 닿는 곳이 어디든 모두 멋지고 세련돼 보이며 반짝반짝 윤이 난다. “내적인 가치가 소중하다”는 말이 있는데, 이 사무실에서 짠 카피는 아닐 것이다. 광고회사 직원이라고 전부 태생부터 세련되지는 않았겠지만 다들 이런 환경에 부응하려고 노력한다. 모두가 유행에 엄청나게 민감하다. 뿔테 안경에, 세련된 구레나룻, 언더컷의 헤어스타일……. 몇몇 남자 직원들의 머리에는 고급스러우며 미니멀한 디자인의 핸드메이드 니트 모자가 얹혀 있다.

꼭 저렇게까지 하고 다녀야 하나 싶을 때마다 유행은 광고회사에서 시작된다는 걸 실감하곤 한다. 이런 곳에 하나도 꾸미지 않은 채 출근하려 한다니…….

"괜찮을 거야. 요즘 누드톤이 유행이잖아?"라고 말할지도 모른다. 하긴 그렇다. 화장을 한 듯 안 한 듯한 투명 메이크업이 대세니까. 누드톤.

✖✖✖

"누드톤이라고?"

그날 저녁 L은 이렇게 반문하더니 웃을락 말락 하는 표정을 지었다. "하하……." 나는 L의 옆구리를 콱 꼬집었다.

"아냐, 좋아. 잘됐다. 당신이 누드톤으로 나가면 난 좀 더 일찍 욕실을 쓸 수 있을 거고……." L이 기뻐하며 말했다.

혹시나 여기서 누드라는 말이 화장을 안 하는 것과 조금이라도 관계가 있다고 생각한다면 정말 뭘 모르는 거다. 이 분야의 초심자들을 위해 간단히 설명하자면, 화장을 하지 않은 듯한 누드톤을 연출하기 위해 들여야 하는 공이 이만저만이 아니다.

우선 기초화장을 마친 후, 메이크업 브러시를 이용해 코에서 얼굴 가장자리를 향해 파운데이션을 얇고 고르게 발라야 한다. 이때 모발이 시작되는 부분에 파운데이션이 묻지 않도록 조심해야 한다. 그러고 나서 연하고 매트한 파우더를 큼직한 메이크업 브러시를 사용해 원을 그리며 얼굴 전체에 은은하게 바른다. 눈썹은 원래 형태를 부드럽게 살리고, 갈색 파우더나 은은한 아이브로우 섀도를 사선 브러시로 바르고, 아이브로우 픽서로 마감한다. 눈두덩이에 아이섀도 베이스를 바른 뒤, 밝은 갈색 톤의 아이섀도를 넓게 펴 바른다. 그리고 눈꺼풀에 진한 갈색의 아이섀도로 은은하게 포인트를 준 다음, 진한 갈색의 리퀴드 아이라이너로 점막 위쪽에 아이라인을 그리고, 같은 색깔로 아래쪽 아이라인도 그려 준다. 물론 아래쪽을 그릴 때는 브러시와 아이섀도만 사용해야 한다(아이라이너를 사용하면 후유증을 감당치 못할 것이다). 이어 속눈썹 연장 마스카라나 속눈썹의 볼륨감을 살려 주는 마스카라로 위쪽과 아래쪽 속눈썹을 손보고, 파운데이션 톤보다 한 단계 밝은 컨실러를 눈 아래에 바른다. 광대뼈에 가능하면 자연스런 색깔로 볼터치를 하고, 자연스런 효과를 위해 마지막으로 립글로스나 은은한 립스틱을 바른다.

L은 내 말을 듣다가 거의 넋을 잃은 듯한 표정이 되었다. “그걸

하겠다는 거야?" 천만에! 나는 누드톤을 새롭게 해석하여 그냥 화장을 하지 않을 것이다. 추리닝 바지만 청바지로 바꿔 입고 출근할 작정이다.

✖✖✖

"그냥 밀어붙여."

다음 날 아침 출근하기 전, 옷장 거울에 내 모습을 비추어 보려 하자 L이 말했다. 아주 아름답고 편안한 아침을 보낸 뒤였다. 여유 있게 아침을 먹고, 아이도 좀 안아 주고, 열린 창 앞에서 체조도 하고 노래를 흥얼거리며 캔디크러쉬사가를 했다. 아침이 이럴 수도 있는 것이었다니! 욕실에서 한참 시간을 보낸 뒤에 옷장을 엉망진창으로 만들며 이 옷 저 옷 꺼낸 뒤 산불 난 곳에 진화 작업하듯 커피 몇 모금을 약처럼 털어 넣고 집을 나서던 때와는 비교가 되지 않았다.

내가 현관을 나서자 L은 시리얼 그릇을 손에 들고 현관 앞까지 배웅을 나왔다.

"이제 출발하기 전에 거울도 보지 마. 자기가 어떤 모습인지 신경 쓰지 말라고."

윽! L의 말이 정곡을 찔렀다. 나는 내 외모에 대해 생각하지 않는 척하며 다른 이미지로 내 머릿속을 채워 넣고 있었던 것이다.

내가 LA의 길거리를 지나 피트니스 클럽에 가는 유명인사처럼 지나가면 사람들이 나를 힐끔거릴 거라는 상상. 검정 선글라스에 포니테일로 질끈 묶은 머리, 자연스럽게 삐져나온 머리카락들이 서로 어우러져 세련되면서도 편안한 스타일로 보일 거라는 상상. 나는 외모에 초연한 것이 아니었다. 그에 대한 표상을 교체했을 뿐. 좋아, 그럼 이제 옷장 거울로부터 OK가 떨어지기 전에 그냥 나가 버려야지!

"그치만 이빨 사이에 뭐가 끼어 있으면 어떡해? 삐져나온 머리카락들이 안테나처럼 서 있으면 어떡하고?"

"지금이 바로 딱 그런데?"

L이 이럴 때 정말 짜증 난다.

회사 건물로 들어가기 전에, 주차한 차 유리에 내 모습을 비추어 모든 게 안전범위 내에 있는지 확인하고 싶은 욕구를 참느라 애써야 했다. 시선이 어찌나 절로 차창을 향하는지 거의 돌아 버릴 지경이었다. 어제와 달리 오늘은 팔을 살짝 굽히고 여왕처럼 인사하고 싶은 기분이 들지 않았다. 그 반대였다. 나는 도망치듯 후다닥 로비를 통과해서 계단을 올라 쏜살같이 복도를 질주한 다음 사무실에 도착했다. 광고회사의 벽이 죄다 유리인 건 무슨 멍청한 규칙일까? "안녕." 나는 직장 동료 에바 드뢰젤에게 인사했다. 아무것도 눈에 띄지 않기를 바라면서. 하지만 이런 소망은 "차림이 왜 그래?"라는 에바의 물음으로 순식간에 물거품이 되어 버렸다.

"왜? 여기서는 늘 알에서 갓 깨어난 것처럼 생생한 모습이어야 돼?" 나는 그렇게 대꾸하며 약간 커서 짜증 나지만 뭐 어쩔 도리 없는 청바지를 보란 듯이 추켜올렸다.

"그건 아니지만……." 드뢰젤은 그렇게 대꾸했는데, 내가 느끼기에는 좀 많이 재미있어하는 것 같았다. 나도 히죽 웃고 넘겨야 하는 걸까?

"그런데 뭐? 나 그렇게 이상해? 말해 봐." 나는 그녀에게 나의 도전에 대해 털어놓고 구걸하다시피 "그래서 나 어떻게 안 좋은데?"라고 다시 물었다. 그러자 그녀는 황당하다는 듯 "진심이야?" 하고 반문했다.

"그럼!" 나는 격렬하게 고개를 끄덕였다.

그러자 드뢰젤은 이 참사를 한마디로 정리해 주었다. "솔직히 말해서 최악은 아냐. 크리스마스 파티 직후만큼은 아니지."

아니, 이건 또 무슨 소리야? 나는 3초도 되지 않아 여자 화장실 거울 앞에 섰고, 유감스럽게도 그 말을 인정할 수밖에 없었다. "아이고, 가관이군." 나는 거울에 비친 내 모습을 보며 고개를 끄덕였다. 정말 유난스러웠다. 8.5부 바지는 보이프렌드 핏은커녕 우유팩 속에 몸을 구겨 넣은 듯한 모습을 연출하고 있었고, 위로 삐져나온 머리는 꼭 닭볏처럼 곧추서 있었다. L의 목을 조르고 싶었다. 나를 따라 화장실로 들어온 드뢰젤은 호호호 웃으며 나의 '닭벼슬 머리'를 이리저리 눕혔다. 그러고는 "자, 정리 좀 해 줄게"라며 물티슈를 꺼내더니 아이가 내 뺨에 남긴 기념물을 지워 주었다. 코코아를 마시고 뽀뽀한 자국이었다.

천사 같은 드뢰젤이 열심히 거들어 주는 동안 나는 생각에 잠겼다. 제과점에 갈 때와 비슷하게 하고 나왔는데 왜 회사에서는 통하지 않은 걸까? 어째서 여기서는 이런 모습으로 돌아다니는 것이 편치 않은 걸까? 코코아 뽀뽀 자국 때문만은 아니다. 제과점 판매원이 나를 어떻게 생각하는지보다 회사 동료가 나를 어떻게 생각하는지가 내겐 더 중요한 것일까? 시나몬 롤 앞에서는 추리닝 바지 차림도 부끄럽지 않았는데, 회사에서는 우유팩 같아 보이는 이 실루엣이 내 자신감을 떨어뜨리는 걸까?

아니다. 좀 다른 것 같았다. 여기서는 모두가 말쑥해 보이려고 애쓴다. 그게 불문율이다. 오페라를 보러 갈 때와 마찬가지다. 노래, 무대장치, 연출 등등만 놓고 보면 이브닝드레스를 입고 가든 아니든 그건 별로 중요하지 않은 것처럼 보인다. 청바지를 입고 가거나 반바지, 멜빵바지를 입고 간다고 해서 오페라의 질이 달라지지는 않으니 말이다. 그런데 왜 청중은 격식을 갖춘 옷차림을 하고 나타날까? 양복을 입고, 포마드를 바르고, 이브닝드레스를 입고, 반짝이는 구두에 액세서리와 핸드백까지…….

이런 것들은 뭐랄까, 오페라에 속하는 게 아닐까? 오페라 자체에는 필요 없을지 몰라도 오페라를 체험하는 데는 필요한 것. 이

것들은 로비의 샴페인과 샹들리에, 붉은 벨벳 의자와 더불어 마법을 일으켜 어떤 분위기를 자아낸다. 그렇기에 사람들은 오페라 극장에 들어올 때만큼은 마구잡이로 걷지 않고 사뿐사뿐 우아하게 걷는 것이다. 때문에 오페라 극장에 청바지 차림으로 들어오면, 욕실에서 공들여 머리를 틀어 올리고 정장을 차려입고 온 사람들의 기대감을 짓밟는 듯한 기분이 된다. 다른 관객들의 노력을 무시하는 기분이 된다고나 할까. 불쾌한 일이다.

광고회사가 오페라 극장은 아니지만, 일종의 연출이 이루어지는 장소라는 점에서는 비슷하다. 광고회사에서 일하는 사람들은 매일 새롭게 연출을 한다. 그래서 '아 몰라. 패션 같은 거 신경 안 써' 하는 모습으로 돌아다니면 자신이 분위기를 망치는 것처럼 느껴지는 것이다. 크리스마스를 망치려는 그린치처럼 말이다.

그래서 나는 내가 이별해야 하는 것이 외모에 대한 강박관념이 아님을 알았다. 내가 이별해야 하는 것은 때와 장소를 불문하고 외모에 신경 쓰지 않겠단 생각이었다(이번만큼은). 다음 주에 동창회가 있는데. 완전 여신처럼 등장해서 학창 시절 짝사랑하던 애나 놀래 줄까…….

이 문제에 대해서는 한발 물러나기로 했지만, 그래도 아침은 여유롭게 보낼 수 있었다. 돈은 좀 들었지만. 나는 75유로에 이것들을 구입했다.

• 샤넬 비타뤼미에르 훌루이드 파운데이션
• 바비브라운 롱웨어 아이펜슬

이 새 친구들은 싸지 않다. 하지만 그 대신 내 얼굴에 마법을 일으킬 수 있으니까. 채 5분도 안 되어 화사한 모습으로 변신할 수 있지.

그래야 할 때가 있다.

자기계발? 다 쓸데없어

이번 생에서는 비키니와 영 연이 없을 것임을 깨닫고 나자 몇 가지 다른 일에서도 비슷한 깨달음을 얻을 수 있었다. 나는 아마도 영원히 뱃살과 함께할 것이고, 이번 생에서는 제대로 정리정돈을 하지 못할 것이다. 세금신고를 제때 하는 일도 없을 것이고, 크리스마스 선물 같은 걸 때맞춰 준비하는 일도 물론 다른 세상 얘기일 것이다. 야나와 늦은 밤에 술 한잔할 때는 손에서 담배를 떼지 못하겠지. 물론 나도 안다. 건강에 무척 해로운 짓이라는 걸!

나한테는 바꾸고 싶은 성격 및 행동을 적어 둔 리스트가 있었다. 물론 길고 칙칙했다(유감스럽지만 L의 성격이나 행동도 포함되어 있었다). 강아지와 아이는 리스트에서 제외되었다. 강아지는 어차피 고집이 세서 가르친다고 바뀔 리 없고, 아이 문제는 '교육'이라는 이름의 카테고리에 속하기 때문이다.

나는 늘 확신하고는 했다. 언젠가 미래에, 충분히 노력하기만 하면 정말 원하는 모습이 될 수 있을 거라고. 규칙적으로 요가나 필라테스를 하고 건강한 음식을 먹는다면 말이다. 내 책장도 언젠가는 누군가가 3미터 거리에서 1톤이나 되는 책들을 집어 던진 것처럼 보이지 않게 될 거라고. 크리스마스가 다가와도 스트레스를 받지 않고 들뜬 기분으로 아이와 함께 캐럴을 부르고, 핀터레스트에서 크리스마스 선물 포장법을 찾은 뒤에 손수 모은 솔방울로 크리스마스 선물을 장식할 거라고.

언젠가는 L과 저녁에 마주 앉아 완벽한 시간을 보내며, L이 내게 무지하게 로맨틱한 이야기를 하고, 나는 당황한 나머지 "아, 그만해. 여긴 레스토랑이잖아. 누가 우리 이야기를 들으면 어떻게 해!"라고 말하게 될 거라고. 그것이 나의 본연의 삶이고, 나는 그곳을 향해 나아가야 하는 거라고. 그때까지는 꿈지락거리며, 아무리 먹어도 만족할 줄 모르는 애벌레의 삶. 어느 순간 굉장히 멋진 나비가 될 것을 기대하면서. 하지만 지금은 여전히 케이크와 사과, 치즈빵을 먹어 치우고…….

이것이 "○○○하면 ○○○할 것이다"의 함정이다. 우리는 계속 '일단 이러이러하게 되면, 무엇무엇을 갖게 되면, 그러고 나면……'이라고 되뇌면서, 노력하면 이룰 수 있을 것 같은 것들을 눈앞에 그린다. 하지만 사회와 여성지와 자기계발서가 계속해서 우리를 유혹하고 요구하는데도 실제론 그렇게 되지 않는다.

정말로 노력하기만 하면, 무엇이든 할 수 있어.

말도 안 돼. 주위를 돌아보자. 사방에 죄다 애벌레들뿐일걸?

우리는 애벌레로 존재하는 동안 계속해서 양심의 가책을 느낀다. 인터넷에서 쓸데없는 걸 검색하다 오후를 날려 먹고, 담배를 피우고, 백만 칼로리쯤 될 법한 케이크를 먹고, 윗몸 일으키기 따위는 당연히 하지 않고, 쓸데없이 SNS나 하고, 솔방울은 길거리에서 굴러다닌다. 그러다 보면 계절이 바뀌고, 다시 연말이 오면 우리 애벌레들은 또다시 술을 홀짝인다(어휴. 거기 누구 담배 있는 사람?).

딜레마다. 나는 이런 경험도 해 봤다. 조금이나마 이상적인 삶에 다가가 보려고 자전거에 예쁜 장바구니를 매달고 룰루랄라 주말 장터에 간 것이다. 처음엔 모든 게 낭만적이었다. 하지만 잠시 후 비가 내리기 시작했고, 강아지 목줄이 자전거 바큇살에 엉켜 들어가더니, 급기야는 장바구니까지 뒤집혀 시장에서 산 온갖 신선한 식재료들이 길가에 주차된 캠핑카 밑으로 떼구루루 굴러 들어가 버렸다. 꼭 이 불행한 일 때문은 아니더라도, 예쁜 라탄 바구니를 들고 장을 보는 것은 상상과는 다른 느낌이었다. 세상 사람들이 말하는 행복의 비법을 실천하면 정말 행복해지는지를 알아본 《행복 프로젝트》라는 책을 쓰던 동안에도 그랬다. 나는 그 책에서 '소소한 것들의 행복'을 즐기고자 노력한 뒤에 이렇게 적었다.

(…) 그 이야기를 듣자마자 자신을 행복하게 만들자는 주제로 여성지들이 곧잘 싣는 사진이 떠올랐다. 욕조 가장자리에 티라이트 캔들이 군데군데 놓여 있고, 장미 꽃잎이 소복이 쌓여 있는 욕실 사진이다. 머리를 한껏 위로 모아 올린 여자는 비스듬히 욕조 안에 누워 만족스럽게 거품 목욕을 즐긴다. 당연히 사진 옆에는 추천하는 입욕제의 이름이 쓰여 있는데, 대부분은 유기농—라벤더—알로에—허브버터—오일 어쩌고 하는 식의 이름이다. 피부를 촉촉하게 해 주고, 이완시켜 준다나? 나는 잡지에 실린 사진에 홀딱 반해 다음 날 당장 시내에 있는 예쁜 가게로 발걸음을 옮긴다. 여러 가지 액체와 소금, 구슬들이 알록달록한 색깔로 아우성치는 작은 가게다. 거기서 각질을 잠재워 내 피부를 아기처럼 부드럽게 만들어 줄 마스크팩과 장미향이 나는 오일 입욕제를 선택하고, 천연 해면스펀지도 같이 가져온다. 물을 듬뿍 먹은 해면스펀지를 목에 대고 있을 생각을 하니 저절로 우아해지는 기분이다. 장미 꽃잎도 준비한다. 머릿속 이미지와 똑같아야 하니까 말이다!

드디어 일요일 저녁, 나와 데이트가 있는 날. 스파 스페셜리스트들은 이 시간을 '나랑 하는 데이트'라고 부른다. 나는 샴푸병이 놓인

선반에 잡지를 하나 올려놓고 티라이트 캔들과 장미 꽃잎을 욕조 가장자리에 놓는다. 그러고는 김이 나는 뜨거운 물을 받는다. 장미오일 목욕을 하는 것이다. 안타깝게도 거품이 나는 제품은 아니지만 향기가 좋다. 생긴 것도 예쁘다. 나는 머리를 틀어 올리고 욕조로 들어간다. 그렇게 잠시 누워 있다가 천연 해면으로 팔다리를 문지른다. 재미는 잠시뿐, 나는 힘들게 팔을 뻗어 선반에 올려 둔 잡지를 집어서 눈을 가늘게 뜨고 넘기기 시작한다. 티라이트의 불빛이 생각만큼 밝지 않아 잡지를 읽기가 어렵다. 우이 씨! 그 와중에 실수로 티라이트 하나를 팔꿈치로 쳐서 바닥에 떨어뜨린다. 욕실 매트에 촛농이 한가득 쏟아진다. 불이 안 났으니 그나마 다행이다. 가슴을 쓸어내리며 다시 욕조에 눕는데, 이번에는 머리핀이 뒤통수를 찌름과 동시에 물속에 잠겨 있지 않은 상체 부분에 상당한 한기가 느껴진다. 추위를 못 참고 팔 하나를 물속에 담갔다 꺼내서 그 손으로 잡지를 넘기니, 잡지의 오른쪽이 흥건하게 젖어 급기야 페이지를 넘길 수 없을 지경이다. 물은 이제 미지근해졌다. 우이 씨! 아직까지는 이런 이벤트가 힐링이 되는지 잘 모르겠다. 그런 생각을 하면서 마른 장미 꽃잎 몇 개를 물속으로 밀어 넣는다. 물에 둥둥 떠다니는 꽃잎을 보고 즐거운 기분이 된 것도 잠시, 상당히 난감한 일이 일어난다. 세상에! 누구 배스 오일로 범벅된 머리를 감아 본 적 있는 사람? 아휴, 기름기를 다 없애려고 샴푸를 세 번이나 했지만 그러고도 여전히 '미스 떡진머리 경연대회'에 참가하면 우승도 문제없을 듯한 모습

이다. 난감한 얼굴로 욕조에서 나와 머리를 수건으로 감싸고 안도의 한숨을 쉴라치면, 방금 면도한 다리털들이 욕조 가장자리에 기름으로 뒤범벅이 된 채 둥둥 떠 있는 처참한 광경을 보게 된다. 몸 여기저기에 빨간 자국이 있어도 놀랄 필요 없다. 살갗에 달라붙은 물먹은 장미 꽃잎이니까. 지금껏 목욕하다가 이렇게 짜증 나 본 적은 이번이 처음이다.°

이 일을 생각하면 지금도 화가 치밀어 오른다.

하지만 낭만적인 목욕을 즐기거나 크리스마스 선물을 사랑스럽게 포장하는 일 따위는 사실 부차적인 것들이다. 어쩌면 인생에서 목욕 정도가 아니라 더 중요하고 근본적인 변화가 있기를 바랄 수도 있겠다. 더 큰 성공을 원한다면? 더 긍정적이거나 더 외향적인 사람이 되고자 한다면? 경제계는 이런 욕구에 빠르게 부응하고 있다. 그 어떤 달갑지 않은 결점도 개선할 수 있다는 프로그램들이 있는 것이다! 더 매력적인 인격을 갖고 싶다고? 239유로짜리 2박 3일 주말 프로그램에 돈을 쓰면 된다. 2박 3일로 어떻게 성격이 그렇게 바뀌냐고 묻는다면 '무지하게 효과적인 방법'이라 그렇다고 답할 수밖에.

벌써 이런 워크샵에 가 보았다고? 세미나나 주말 집중 코스? 아무튼 자기계발에 도움이 된다고 호언장담하는 그런 강습에? 나는

° 저자의 책 《행복 프로젝트 Das Glücksprojekt》 (mvg Verlag, 2013)

벌써 여러 군데 가 보았다. 대부분은 조사 목적이었다. 결과가 그리 성공적이지 않다는 건 지금의 나를 보면 잘 알 수 있다. 참가한 강습들로만 따지면 나는 이미 오래전부터 긍정적인 사고를 하고, 비폭력 대화를 하며, 내 수호천사와 개인적으로 알고 지내고 있어야 할 것이다.

수호천사를 만나는 세미나(안네의 종용으로 갔다)나 비폭력 대화에 관한 세미나(이건 L이 가자고 했다)처럼 몇몇 강습은 자원한 건 아니지만 기꺼이 참석했다. 물론 필요보다는 흥미 때문이었다. 하지만 정말 마음이 힘들어서 그런 강습에 참여해 볼까 하는 사람이 있다면 그만두는 게 나을 것이다. 그런 곳에 가면 슬픈 사람들, 우는 사람들뿐이다. 그리고 대부분의 참가자들은 그런 강습에 이골이 나 있고, 자신이 좋아하는 분야에 대해서는 이미 전문가 수준이다.

내 생각이 잘못된 것인지도 모른다. 그런데 그런 워크샵이 정말로 내적인 반향을 일으킨다면 그런 데에 단골로 참가하는 사람들은 거기 와서 우는 대신에 어디 가서 살사라도 추고 있어야 되는 거 아닌가? 아무튼 확실한 것은 그런 워크샵을 마쳤다고 해서 내향적이고 수줍은 사람이 사람들 앞에서 멋들어지게 한 곡 뽑는 가수가 되지는 않고, 전산실에서 컴퓨터만 들여다보던 사람이 픽업아티스트 코스를 마쳤다고 해서 바람둥이 돈 후안이 되지도 않는다는 것이다. 언젠가 '내면의 파워 애니멀'(내 내면에 있는 동물은 앵무새라고 하더라)을 일깨운다는 세미나에 참가했을 때, 굉장히 호감이 가는 샤먼이 여기 모인 참가자들의 문제는 자존감이 낮은 거라고 '족집게처럼' 맞추었다. 하지만 따지고 들면 거의 대부분의 사람들은 자존감이 부족하지 않은가? 도널드 트럼프와 내 친구 올레 정도만 빼고. 내가 아는 모든 사람들이 그렇다.

자기가 가진 결점이 어떤 것이든, 그것들 중 십중팔구는 그리 간단히 떨쳐 낼 수 없다. 나비가 되는 일은 없을 것이다. 그냥 애벌레로 사는 게 진짜 인생이다. 삶이란 지지부진한 것. 늘 불안하고, 책장을 볼 때마다 '언제 날 잡아서 치워야 되는데' 하는 생각이 들고, 살은 쓸데없이 남아돌고, 파트너와의 관계는 피곤한 나머지 이제는 될 수 있으면 피하고 싶고……. 슬그머니 시작된 이런 불완전한 삶은 이제 멈출 수 없는 지경이 되었다. 스페인어로 에스 로 케 헤이(Es lo que hay). 인생이란, 그냥 있는 것이 전부다. 누군가가 우리 모르게 탁자 위에 올려놓고 간 수프 한 그릇처럼 말이다. 어쩌면 이런 사실을 깨달아 갈수록, 주도적으로 인생의 노를 저으며 운명의 공격에 기죽지 않는 사람들의 이야기가 더 매력적으로 다가오는 걸지도 모르겠다. 그런 이야기들은 우리에게 노력만 하면 뭐든 할 수 있다는 희망을 준다. 그런 이야기들에서 용기를 얻는 건 그 때문일 것이다.

그런데 이런 연구 결과가 있다. 사람은 원래 어떤 큰일을 겪은 뒤 어느 정도 시간이 지나면 다시 평상시 수준의 행복감을 느낀다는 것이다. 인간의 타고난 특성인 듯한데, 이는 좋은 일 나쁜 일 가리지 않고 쌍방향에서 다 작용한다. 즉 로또에 당첨되든 자동차 사고가 나든 시간이 지나면 마찬가지라는 것이다. 아무리 노력한다 해도 모든 걸 이룰 수는 없다는 사실을 우리는 깨달아야 한다. 당신뿐 아니라 우리들 모두가.

노력해도 바뀌지 않는 일은 수없이 많다. 두고두고 마음 아픈 상실의 기억들……. 우울증은 대개 만성이고 툭하면 재발한다. 약물이나 사람에 중독된 경우도 많다. 가족이나 배우자도 변화시킬 수 없는데 직장 상사나 동료는 말할 것도 없다. 삶은 때로는 부당하고 종종 개 같다. 이 점 역시 바꿀 수 없다! 사람들은 자기 어머니가, 상사가, 혹은 자기 자신이 이러이러하게 바뀌었으면 하고 바라지만, 그런 일은 일어나지 않는다. 그럼에도 이런 불가능한 소망 중 몇 가지는 우리가 해내고자 하는 일의 목록 최상단에 놓여 있다. '더 노력하면? 과거를 좀 더 되짚어 보거나, 왜 그렇게 되었는지 이해한다면 혹시?' 그러나 그건 착각이다.

어느 날 나는 그 사실을 문득 깨달았다. L을 바꾸려면(L이 침대 주변을 빙 둘러 양말로 신비한 원을 그리는 짓을 그만두게 하고, 대신 양말을 세탁 바구니에 던지게 하려면) 아마 그의 전두엽을 수술해야 할 것이다. 하지만 차마 그럴 수는 없지 않은가.

노력은 도움이 안 된다. 정말. 그냥 받아들이는 수밖에 없다. 나는 솔방울로 멋지게 크리스마스 선물 포장을 할 수 있는 인간이 아니라는 걸, 자신의 가능성이 제한되어 있다는 걸 받아들여야 한다. 그리고 더 뼈아프게 깨달은 점이 있다. 내가 호기심 많고 열려 있으며 매사에 의욕적이고 사교적인 인간이 아니라는 것.

만약 누군가가 내게 여가 시간에 무얼 하느냐고 묻는데,

"테니스를 좋아해요! 일요일에는 친구들과 요트도 타고요. 동물보호연대에서 자원봉사를 할 때도 있어요. 시민대학에서 이탈리아어도 배우고요. 제 세련된 로프트에서 혼자 세계문학 작품을 읽는 재미도 쏠쏠하답니다. 친구들과 채식 레스토랑에 가기도 하고요!"

라고 한다면 틀린 대답이다. 나는 이렇게 말해야 한다.

"음… 여가 시간이라……. 그냥 추리닝을 입고 집에서 빈둥거려요."

나는 새로운 사람을 사귀는 일에 흥미를 느끼지 못하는 편이다. 이미 알고 있는 사람들만으로도 충분히 버겁다. 나는 휴가도 멀리 가지 않는다. 이미 말했듯이 난 그냥 추리닝 바람으로 집에 있는 걸 좋아한다. 원래 그렇게 생겨 먹었고, 생겨 먹은 모습에서 많이 바꾸지 못했다. 내가 아닌 다른 사람을 바꾸는 것은 나를 바꾸는 것보다 세 배는 어렵다고 봐야 할 것이다.

나는 이제 스스로를 압박하지도 않고, 내가 이 모양인 데다가 내가 원하는 모습이 아니라서 기분 나빠하지도 않는다. 내가 바꾸지 못하는 것은 그냥 제끼고, 할 수 있는 것에 집중한다.

부모님과 얘기하다 보면 가슴이 턱 막힌다. 그렇다고 부모님이 바뀌기를 바라느니 어떡하면 부모님과 평화로운 관계를 맺을 수 있는지를 배우는 편이 나을 것이다. 그리고 자기 삶이 사랑과 행복으로 충만하지 않다고 의기소침해하는 대신, 있는 그대로의 삶을 받아들인 뒤 살아가는 일에 자부심을 갖는 게 현실적인 목표일 것이다.

그래서 나는 전날 밤 즐겁게 술을 마시고 담배를 피운 뒤에 자책하지 않는다. '아이고야, 또 담배를 피웠어. 정말 끊어야 하는데!'라며 아쉬워하지도 않고, 그냥 어제저녁 재미있게 지낸 것에 만족한다. 그리고 도가 지나치지 않도록 주의하는 선에서 타협한다. '나 자신을 더 사랑해야 하지 않나?' 하고 생각하는 대신에 '그래, 이 정도로라도 지내 주니 얼마나 고마운지 몰라!'라고 생각하는 것이다.

나를 바꾸는 데에 한계가 있음을 의식하면 거기에 대처하는 법도 배울 수 있다. 그것이 무언가를 바꾸고 싶은데 잘 안 된다고 징징대는 것보다 훨씬 낫다.

바뀔 가능성은 별로 없는데 계속해서 바꾸고 싶다는 생각이 드는 것들은 주로 다음과 같다.

- 수입(월급)
- 추리닝만 입고 집에서 굴러다니는 내 모습
- 아빠에게서 벗어나지 못하는 엄마의 모습
- 나에 대한 다른 사람의 생각이나 평가, 마음
- 다른 사람에 대한 나의 감정
- 타인과의 관계 속에서의 내 위치
- 내성적이고 소심한 성격
- 일 중독자 남친
- 알코올이나 도박, 게임에 중독된 (언니 / 누나 / 오빠 / 동생)
- 자녀 문제
- ....
- ....
- ....

자기에게 해당되는 것이 무엇인지 확인해 보고, 빈칸에 나의 문제를 더 적어 보자. 그런 다음, 의자 등받이에 몸을 기대고 이 모든 걸 고쳐 보려는 노력을 관두자.

아무것도 억지로 바꿀 필요가 없다니 얼마나 좋아? 애쓸 필요도 없고, 누군가를 다그치고 괴로워할 필요도 없고, 누군가에게 기대를 할 필요도 없고, 자신이 무조건 더 나아져야 한다고, 변해야 한다고 몸부림칠 필요도 없고.

그럴 필요가 없다. 있는 그대로도 괜찮으니까. 애벌레도 충분히 놀라운 동물이다.

필요 없는 물건 정리하기

스스로에 대한 이런저런 표상이나 바람직해 보이는 이상적인 이미지, '○○해야 한다'는 생각에서 벗어나자. 해방감을 느낄 수 있다. 사회가 우리 앞에 펼쳐 보이는 것들의 영향을 받아 이상만 좇다 보면 자꾸 죄책감, 양심의 가책, 콤플렉스, 열등감 같은 부정적인 감정만 생겨난다. 그러니 일단 이상을 좇으려는 마음과 이별하자. 그러면 긍정적인 감정이 생겨날 것이다. 아직 자신의 이상을 건드리기가 망설여진다면 물건에서부터 시작하는 것도 좋다.

물건은 내치고 이별하기 참 좋은 대상이다. 물건이 상처받을 일은 없으니까. 게다가 우리는 이것들을 엄청 가지고 있다. 이다 이모가 돌아가시면서 물려받게 된 여우털 목도리나, 끔찍하게 비싸게 산 스와로브스키 크리스털 샹들리에 같은 것. 지하실에 거울도 몇 개 있다고? 멋지다. 정말로 사용하거나 가지고 있기만 해도 기분이 좋아지는 그런 물건이라면 말이다.

이다 이모는 좋아했지만 이다 이모가 물려준 여우털 목도리는 싫을 수도 있다. 목도리에 붙은 검은 단추 눈을 쳐다볼 때마다 으

스스해지는데 뭐 어쩐담. 우리가 이 장에서 버리려고 하는 것은 결코 이다 이모의 여우털 목도리나 거울 그 자체가 아니다. 문제는 그것들을 '왜 가지고 있느냐' 하는 거다. 이 점이 해결되면 그 어떤 목도리나 장식품도 손쉽게 버릴 수 있을 것이다.

계속 가지고 있을 만한 물건은 이런 것들이다.

- 보기만 해도 미소가 지어지는 것
- 실제로 쓰는 것

끝! 이 두 원칙을 머릿속에 담고 조용히 집 안을 둘러보자. 혹시 지금 눈을 가늘게 뜨고 남편을 쳐다보는 사람? 그건 일단 놔두고. 남친이나 남편에 대한 문제는 여섯 번째 장에서 다룰 예정이니까, 지금은 일단 가지고 있을 것!

버려야 할지 놔둬야 할지 헷갈리는 물건이 눈에 들어오면 간단히 테스트를 해 볼 수도 있다. 다음과 같은 이유 때문에 괜히 가지고 있는 물건이 있다면 과감하게 버리자.

- 좋은 물건이니까 내지는 아직은 작동하니까
- 선물로 받은 거라서
- 유품으로 물려받은 거라서
- 언젠가 다시 필요할 것 같아서

- 어쩌면 다시 좋아하게 될지도 모르니까
- 비싸게 산 물건이라서
- 다시 유행이 돌아올지도 몰라서
- 지금 유행이라서
- 버리면 죄책감이 느껴져서
- 언제나 가지고 있던 거라
- 거울을 버리면 7년간 불행해진다니까

옷장과 신발장 안에 든 물건들도 마찬가지다. 그 속에 들어 있는 것들 중 40퍼센트는 둘 중 하나에 포함된다.

- 안 맞는다
- 그치만 언젠가 다시 맞을 것 같다(다이어트에 성공한다면)

맞지?

이 규칙을 따르면 옷장 속에 묵고 있던 명품 막스마라 재킷은 버려야 되지만 대신에 멋진 가죽 코르셋이나 할머니가 남겨 주신 웨딩드레스는 가지고 있어도 된다. 볼 때마다 아주 즐거웠던 저녁 식사의 추억이 떠오르기도 할 테고, L이 그 웨딩드레스를 입었던 일도 기억날 테니까 말이다!

이 장에서는 눈에 보이는 물건들을 다루지만, 추상적인 것들도 함께 버릴 수 있다. 가령, **마춤법을 틀니면 앉된다는 강박가튼 것.** 고기 요리에는 레드와인, 생선 요리에는 화이트와인을 마셔야 한다는 따위의 규칙도. 맛만 있으면 그만이라는 게 나의 생각이다. 어차피 생선이 지금 자기가 어느 와인 속에서 헤엄치고 있는지 알게 되는 것도 아니고. 미국 대통령 후보에 대한 관심도 이렇게 물건처럼 내다 버릴 수 있다. 실존인물이라 한들 내가 직접 만나 볼 사람도 아니니까.

여기 내가 이렇게 버려 버릴 것들을 몇 가지 뽑아 보았다. 무얼 버릴지 한번 힌트를 얻어 보기를. 그리고 버릴 것들이 더 떠오른다면 메모를 해 보기 바란다.

#언론의 이슈(특히 미국 대통령 후보)

미국 대통령 선거. 이거 무슨 서커스 경기나 마찬가지 아닌가? 선거 2년 전부터는 미국 대통령 후보들에 대한 온갖 시시콜콜한 정보들이 쏟아진다. 왜 그런 쓸데없는 정보들로 내 머리를 채워야 하는 거지? 도무지 모르겠다. 어떤 멍청이가 출마했는지 내가 알게 뭐야? 왜 그걸 알아야 하지? 왜 도널드 트럼프가 내 머릿속 한 구석에서 다른 정보들이 들어갈 자리를 차지하고 있어야 되는데? 차라리 양서류와 파충류의 차이를 아는 게 나을 것 같다. 그런 쓸데없고 잡다한 정보들로 내 머리가 혹사당하지 않았다면 유치원 때의 선생님 이름을 까먹지는 않았을 텐데.

#운동

아무도 나더러 해 보지도 않고 안 된다는 소리 말라고는 할 수 없을 것이다. 나는 농구도 해 봤고, 조깅도 해 봤다. 피트니스 클럽도 다녀 봤고, PT도 받아 봤다. 심지어 격투기까지 해 봤다는 사실! 거기에서 운동 좀 한 젊은 경찰관에게 목까지 졸려 봤다.

뭐, 나쁘지 않았지만 깨달은 게 있다. 스포츠는 나와 맞지 않는다는 것! 못내 불쾌한 깨달음이었다. 나 말고 지구상의 모두가 갖가지 방식으로 열심히 몸을 단련하고 있는 것 같았으니까. 언젠가는 칼로리 바를 먹는 여자들처럼 철철 넘쳐흐르는 아우라를 풍기며 즐겁게 공원을 달리고 싶었지만, 이제 땀 냄새 폭폭 풍기는 다른 조깅어들에게 이별을 고함과 동시에 이런 목표도 제껴 버리기로 했다. 칼로리 바는 무슨! 초콜릿 바를 먹어야지.

#구레나룻

속지 말자! 구레나룻을 기른 남자는 꽤 멋져 보인다. 그러나! 수염을 밀어도 그렇게 멋있을 수 있을까? 수염 기른 남자는 살펴보지도 않고 산 물건이나 매한가지다. 안에 뭐가 들었는지 모르는 자루처럼, 열어 보면 추한 게 나올 수도 있다. 알 수 없는 일이다.

#타파스

보통 맥주 한잔하러 갈 때 "뭐 좀 간단한 거랑 같이 먹을까?"라고 하는데, 사실 대부분의 경우에는 그 '간단한 것'이 꽤 거하다. 배를 완전히 채울 수 있을 정도로. 그런데 내가 정말 이해가 안 될 때가 있다. 친구들이 "타파스 먹으러 가자"라고 할 때다. 몇 사람이 우르르 가서 타파스를 시키는데, 안 그래도 작은 접시에 담겨 나오는 이놈의 음식은 그냥 담긴 게 거의 없다고 봐야 할 정도다. 그렇게 적은 음식을 한 점씩 겨우 맛만 보고 난 뒤에는 아르헨티나에 가면 무지막지하게 큰 소고기 스테이크도 먹을 수 있을 만한 돈을 내야 한다. 돈은 뭉텅이로 내고도 배가 고프다니!

#남들이 안 가는 여행지

나는 왜 굳이 다른 사람들이 안 가는 곳을 가야 하는지 모르겠다. 경험상 여행자들이 줄지어 가는 곳에는 다 이유가 있다. 해변의 풍경이 이국적이라든가, 특이한 건축물이 있다든가, 자연이 너무 아름답다든가……. 아무튼 뭐라도 있다. 물론 여행객들이 잘 가지 않는 곳을 갈 수도 있겠지. 공업지역이나, 외딴 동네의 어두운 뒷골목이나, 폐수가 바다로 흘러드는 곳. 그런 곳에 가면 조금은 모험을 하는 기분이 된다. 그러나 좋지는 않다. 나는 그런 여행은 별로였다. 그러니 포기! 나는 양으로 살련다. 남들이 가면 나도 간다.

두 번째 똥차

친구, 지인, 모르는 사람

똥차 리스트 ❷ 친구, 지인, 모르는 사람

- 스팸 전화, 도를 아십니까 대처법
- 나는 왜 집주인이 싫은가
- 꼴 보기 싫은 인간들 상대하는 법
- 친구들의 재수 없는 습관 대처법

자기계발, 외모, 계좌, 또는 알량한 자신감과 확 이별하는 연습은 초심자 레벨 정도다. 이것들은 앞으로 다가올 더 큰 시험에 대한 준비라 할 수 있겠다. 다른 사람들이 끼어들기 시작하면 순식간에 레벨은 2로 올라간다. 이상적인 경우라면 당신은 앞 장을 보며 곁다리로 다른 몇몇 것들과도 쉽게 이별할 수 있었을 것이다. 집에 있을 때는 다리지 않은 옷을 입고(구깃구깃한 주름은 무시하자), 가슴 라인을 예쁘게 만들어 주기는 하지만 불편한 브래지어도 벗어 버리고(가슴 파인 옷 같은 거 필요 없어!), 어쩌면 이 책도 벌써 내던졌을지도 모르겠다. 하지만 내가 운이 좋다면, 이제 당신은 이 두 번째 장을 볼 준비가 되었을 것이다. 두 번째 레벨에서 이별할 대상은 바로 **사.람.들**이다.

스팸 전화, 도를 아십니까 대처법

여러 사람들 중에서 가장 무해한 그룹은 바로 내가 생판 모르는 사람들이다. 모르는 사람들은 평상시에는 별 문제가 되지 않지만 이들이 나이지리아에서 갑자기 등장한 부유한 큰아버지, 현관

초인종을 누르는 방문판매원, 보험을 권유하는 텔레마케터로 변신하면 문제가 된다. 이런 사람들을 손쉽게 상대하는 존경스러운 사람들도 있다. 그들은 단칼에 잘라 버린다. 우리의 갈 길을 밝혀 주는 사람들이다.

당신이 모든 사람에게 잘해 주려 하고, 상사나 의사뿐 아니라 불친절한 피자집 종업원에게까지 호감을 사고 싶어 하는 타입이라면 이번 장은 꽤 도움이 될 것이다. 우리는 사랑스러운 사람들이지만 유감스럽게도 우리 스스로를 방어하는 데 약간 취약하다. 간단히 말해 **호.구** 스타일인 것이다. 방문판매를 하는 사람들이나 기부금을 모금하는 사람들, 길거리에서 전도하는 사람들은 우리가 호구라는 걸 금방 알아본다. 그래서 우리 같은 사람들은 유유자적 시내를 돌아다니기가 힘들다. 피켓이나 설문지나 모금함을 든 누군가가 우리에게 돌진하기 전에 턱을 가슴에 붙이다시피 하고는 가슴팍에 난 상처를 급하게 꿰매야 할 사람처럼 걸어야 한다. 좀 걸으면서 아이쇼핑이나 하려던 원래의 계획은 그렇게 스포츠 프로그램으로 바뀐다. 레겐스부르크 거리에서는 기부금을 모으는 사람들을 만날 확률이 높다. 크리스마스가 가까워지면 나는 그곳을 4분도 안 되어 주파한다.

저녁이 되면 L이 이렇게 묻는다.

"본다던 물건은 봤어?"

"아니. 그게… 음… 시간이 없어서……."

"뭐?"

집에 있다고 해서 방심하면 안 된다. 아마 우리 집 현관문에는 보이지 않는 글씨가 새겨져 있나 보다. 내 눈에는 보이지 않지만 모금함을 든 사람 눈에는 보이는 네온사인이 반짝이고 있는지도 모르겠다. 가령 이런 식으로.

진행하려는 프로젝트를 위해 기부금을 부탁할 바로 그 집! 상대가 '생각 없다'고 해도 결코 굴해서는 안 됨! 자그마한 키에 머리가 검은 그 여자가 결국엔 도와줄 것임!

성 요한 수도회는 견습생을 일단 모조리 내게 보내고 보는 것 같다. 자신감을 좀 불어넣어 주기 위해서 말이다. 여호와의 증인들이 우리 집에 발길을 끊게 하는 데도 몇 년이 걸렸다. 내가 그렇게나 호구처럼 생겼단 말이야?

스팸 전화도 있다. 한번은 내가 구구절절 변명을 할 낌새가 보이자 그쪽에서 먼저 전화를 끊어 버린 적도 있다. 하마터면 다시 전화할 뻔했다. 그러면 안 되는 거 아니냐고.

당신도 이렇다고? 그럴 줄 알았지. 그래서 이런 질문을 준비해 봤다.

1. 나는 기부를 하고 싶은 걸까?

2. 만약 그렇다면 어떤 일에 기부하고 싶은 걸까? 어떤 형식으로 하는 게 좋을까?
3. 지금 뭔가를 구독하거나 구매할 필요가 있나? 예를 들자면, 나는 원래 휴대폰을 바꾸려고 했었나?
4. 마케팅 설문에 일일이 대답해서 기업에 도움을 주고 싶나?
5. 전화상으로 뭔가를 구입하고 싶나?
6. 내가 거절하면 누군가가 개인적인 피해를 입을까?

이 질문에 대한 당신과 나의 대답이 다를 수 있다. 당신은 휴대폰을 바꿀 생각이거나 신문을 새로 구독하려 했을지도 모르니까. 또 기부단체에서 나온 사람들에게 둘러싸이는 걸 좋아할 수도 있다. 하지만 만약 당신이 나와 비슷하다면 각 질문에 대한 답은 이럴 것이다.

1. 그렇다.
2. 모르겠다. 온라인으로.
3. 아니.
4. 천만에!
5. 아니다.
6. 아닐 것 같다.

이 점을 명확히 깨달았다면, 이제 낯선 사람에게 호구 잡히지 않는 지름길을 찾을 수 있다.

1. **적절한 기부단체를 찾아본다.**

독일사회문제중앙연구원(www.dzi.de)의 도움을 받자. 이곳은 기부자를 위한 소비자보호원 같은 곳이다. 웹사이트에 들어가면 각 단체에서 어떤 활동을 하는지에서부터(에이즈 관련 문제에서부터 이민족 간의 의사소통과 관련된 문제까지), 어느 지역에 기부금이 사용되는지(아프가니스탄에서 키프로스까지), 각 기부단체가 어디에 사무실을 두고 있는지까지 쉽게 찾을 수 있다.

2. **실제로 기부를 한다.**

일 년에 한 번, 정해진 때에 하는 것이 가장 쉽다. 가령 세금신고를 하기 전이라든가 하는 식으로.

3. **끝!**

그러면 끝! 그 외 당신의 돈을 원하는 사람들은 당신이 어디에 돈을 쓰는지 몰라도 된다(필요하다면야 설명해 줄 수 있겠지만). 마트 앞에서 강아지를 데리고 죽치고 앉아 있는 할아버지는 대충 알 수도 있겠다.

사람들이 당신에게 들이댈 수 있는 무기는 단 하나, 바로 당신의 동정심이다. 아르바이트로 일하는 가난한 대학생은 아직 할당량을 채우지 못했다고 그럴 테고, 호감 가는 인상이지만 초라한 양복을 입은 외판원은 휠체어를 타고 앞을 못 보는 전처와 병든 어머니가 있다고 하겠지. 심장이 돌처럼 딱딱한 괴물이 아니고서야 그 앞에 서서 무슨 말을 할 수 있을까? 그치만, 이렇게 말한다면?

"저, 질문이 하나 있는데요. 이걸 사서 내 통장에 구멍이라도 나면 당신을 찾아가도 되나요? 당신 집을 찾아가 내 사정을 설명하면 저를 좀 도와줄 거예요? 엥? 안 된다고요? 모르는 사람이 집에 와서 돈을 뜯어내고 그러면 안 된다고요? 봐요! 당신도 나랑 똑같네!"

이 말을 꼭 입 밖으로 낼 필요는 없다. 그냥 이런 말을 떠올리기만 해도 자세는 달라지게 돼 있으니까. 나는 스팸 전화를 거는 사람의 집에 전화를 걸 수 없고, 혹시 내가 전화를 걸더라도 그 사람은 화를 낼 거라는 생각을 하게 되면 방문판매를 하는 사람이나 전화를 걸어 오는 사람들의 요구를 조금은 더 우아하게 거절할 수 있다. 양심의 가책 없이, 그냥 경첩만 살포시 덜거덕거리게 말이다. 양심의 가책은 무시하자.

(근시라면 주의해야 할 점이 있다! "됐어요"라고 말하고 문을 닫는데 현관 앞에 선 사람들의 몸집이 유난히 작다는 느낌이 든다면, 그리고

그때가 12월 말에서 1월 초라면, 그 사람들은 캐럴을 부르며 집집마다 돌아다니는 아이들일지도……?)

나는 왜 집주인이 싫은가

집주인 역시 낯선 사람 축에 든다. 몇 번 보긴 했겠지만, 잘 알지는 못하는 사이니까. 집주인이 예고도 없이 문 앞에 서 있으면 나는 알아채지 못하고 코앞에서 문을 확 닫아 버릴지도 모른다(내가 캐럴 부르러 온 애꿎은 아이들한테 그랬듯이 말이다. 아아, 나는 지옥에 갈지도 몰라).

집주인은 아마 어딘가에 집이 몇 채 더 있을 것이다. 그들에게 호감이 가지 않는 이유? 그들은 그 집들을 물려받았고 나는 아니니까! 집주인에게는 꼬박꼬박 월세를 내야 한다. 이 점도 마음에 들지 않는다.

나는 집주인들이 임대수입으로 뭘 하는지 모르겠다. 섬을 사 모은다든가 하는, 돈이 엄청나게 많이 드는 취미를 가지고 있으리라고 추측할 뿐이다. 그렇게 생각할 수밖에 없는 것이, 이 사람들은 우리가 세 들어 사는 집에 절대로 돈을 들이지 않는다. 자원해서는 더더욱! 우리가 끈질기게 고집을 부리면(다행히 나는 그렇게 고집을 부릴 수 있었다. 머리 위로 빗방울이 떨어지는 판인데 안 그럴 수가 없다!) 수리를 염두에 두긴 한다. 하지만 그 전에 기술자 서넛이 일요일마다 교대로 우리 집을 방문해서 여기저기 두드려 보고, 점검하는 과정을 거쳐야 한다. 그러고 나서 결국 일은 제일 낮은 품삯을 제시할 수밖에 없는 루마니아인에게 돌아간다.

아무튼 나는 집주인들이 싫다. L은 역시나 그들에게 별 감정이 없다. 내가 집주인들을 미워하는 걸 도무지 이해하지 못한다. 그래서 나는 골룸이 된다. 자신의 현관문을 나쁜 집주인으로부터 지키는 골룸("내… 내 집이다. 골룸, 골룸, 골룸!"). 하지만 슬프게도, 집은 내 것이 아니라 집주인의 것이다.

그런데 집주인이 기술자와 함께 집을 둘러보러 오겠다고 하자마자 놀라운 일이 벌어진다. 골룸이 살아 있는 인간 청소기로 변신하는 것이다! 여기저기 정리하고 쓸고 닦고 온갖 난리를 피워서 집 안을 반짝반짝 빛나게 만든다. 왜? 집주인이 온다니까! 집주인이 오는데 왜? 누가 아나? 나도 잘 모르겠다. 핏줄 속에 흐르는 노예 콤플렉스일지도.

✖✖✖

얼마 전 집주인이 방문하기 직전(난방 배관에서 물이 샜다), 나는 방이 깨끗한지 아닌지 신경 쓰지 않으려 애쓰며 소파에 누워 책을 읽었다(어질러진 방과 거실에 눈길을 주지 않으려고 그런 거라 편치는 않았다). 한참 L에게 열을 내며 "집주인이 어떻게 생각하든 신경 꺼!"라고 말하는데 초인종이 울리고 집주인이 들어왔다.

빌어먹을.

집주인의 방문을 두고 곰곰이 생각해 내린 결론은 이러하다. 집주인이 침실에 L의 양말이 굴러다니는 걸 보고 우리를 나쁘게 생각한다거나, 계약을 해지할지도 모른다는 두려움 때문에 내가 이러는 것이 아니다. 요는 이것이다. 집주인은 나랑 두터운 정을 나누는 친구가 아니며, 나는 L의 양말이건 뭐건 우리의 빨랫감을 그 사람에게 보이고 싶지 않다는 것이다. 나는 그들이 우리의 침실을 엿보기를 원치 않는다. 그래서 우리 엄마는 옛날에 가정부 아주머니가 오시기 전에 집 안을 쓸고 닦았던 것이다! 엄마는 낯선 사람과 사생활을 공유하고 싶지 않았던 것이다. 자신의 더러운 모습과 물건들을. 나도 마찬가지다. 나의 양말들, 사적인 집 안의 모습을 공유하고 싶지 않다(골룸, 골룸!).

그러니 당신이 누군가의 집에 갔는데 거기가 거의 돼지우리나 마찬가지라면, 당신은 정말 환영받고 있는 거다. 정말로 허물없는 친구라는 뜻이니까!

때로는 정확히 무엇과 이별하는 게 옳은지 생각해 보아야 할 것이다. 이번 같은 경우는 무조건적으로 이별하려는 마음과 이별해야 할 것 같다!

이제 생각해 보자. 어떤 낯선 이가 당신의 삶에 스트레스를 주는가? 스트레스를 받는 이유는 무엇인가? 당신에게 스트레스를 주는 요인이나 사람과 결별하면, 그 사람이 개인적인 손해를 입을까?

- 스트레스가 되는 낯선 이 : ....
- 스트레스를 주는 요인 : ....
- 쿨하게 이별할 수 있을까? ☐ 예 ☐ 아니요

아자아자! 할 수 있다! 용기를 가지자! 시간이 갈수록 쿨하게 이별하기가 점점 더 쉬워질 테니까.

꼴 보기 싫은 인간들 상대하는 법

낯선 이들을 상대하는 건 이번 레벨의 가장 쉬운 과제였다. 지인인 경우는 좀 더 어렵다.

지인은 동네 슈퍼 같은 데서 늘 마주치거나, 요가를 다니다가 혹은 여행을 하다가 알게 되는 사람들이다. 이 사람들은 복이 될 수도 화가 될 수도 있다. 우리 아이와 같은 어린이집에 다니는 애의 아빠, 이웃 아줌마, 카풀 멤버, 또는 파티에서 하룻밤 신나게 같이 논 사람도 지인이다.

지인의 좋은 점은 친구처럼 서로 잘 알지는 못한다는 것이다. 이것이 신선한 이점이 될 수 있다. 또 다른 좋은 점은, 이런 관계에서는 자신의 원래 성격보다 더 쾌활하게, 더 매력 있고 사랑스러운 모습으로, 더 적극적으로 사람을 대하게 된다는 것이다(술이라도 한잔하면 사교계의 아이콘이었던 마담 퐁파두르의 후예다운 모습이 나온다).

지인 앞에서는 약간 다른 사람인 척 코스프레를 해 볼 수도 있다. 코스프레는 꽤 재미있다. 다른 사람인 척해 볼 수도 있고, 내 태도나 성격이 약간 달라지면 어떨까 시험해 볼 수도 있다. 친구들 앞에서는 그렇게 되지가 않는다. 하지만 지인의 가장 큰 장점은 다른 데에 있다. 나를 속속들이 알지 못하기에 그들의 시각은 선입견에 치우쳐 있거나 편견에 물들어 있지 않다는 것이다.

내가 친구 야나에게, 티눈 빼는 약 광고를 의뢰한 클라이언트가 내가 제시한 광고 콘셉트를 마음에 안 들어 한다고, 이 일이 너무 지긋지긋해서 못 견디겠다고 하소연을 한다 치자. 그러면 야나는 우리가 우정을 쌓아 온 오랜 시간에서 나의 과거를 길어 올리며 그래도 광고 일이 좋은 이유와 그동안 내 아이디어가 얼마나 많이 먹혀들었는지를 상기시켜 준다. 물론 놀라운 일이지. 하지만 나에 대해 별로 아는 게 없는 지인들은 전혀 다른 말을 해 준다. 예를 들자면…….

- 세상에! 그 일 그냥 때려치우지 그래요?
- 왜 그런 콘셉트를 택했는지, 그게 왜 괜찮은지 막 우겨 봐요.
- 티눈 빼는 약 선전이 그럼 얼마나 멋져야 하는데요?
- 그 클라이언트 정말 밥맛 아냐?

이런 말들.

별다른 좋은 생각이 떠오르지 않을 때, 친구의 충고도 그냥저냥 별 도움이 안 될 때, 지인에게서 뜻밖의 신선한 자극을 받거나 아이디어를 얻는 경우도 있다. 용기를 내어 “안녕하세요?” 혹은 “잘 지내요?”라는 질문에 좀 더 사실대로 답해 보도록 하자. 얼마나 좋아! 물론 상대가 좋은 지인일 경우에 말이지만.

우리가 얼굴 맞댈 일 없이 제끼고자 하는 사람들은 다른 카테고리에 속한다. 즉 **나.쁜.** 지인들이다. 예전 직장 동료 산드라는 도움이 필요할 때마다 연락을 했다. 산드라는 포토샵을 할 줄 모르고, 베이비시터가 필요하고, 도그시터도 필요하고, 세금신고를 하려는데 몇 가지 헷갈리는 점이 있고, 자기 웹사이트에 대해 나의 조언이 필요하고……. 아, 정말! 산드라가 다음 주 토요일에 이사를 한다는데 가 봐야 하나 어쩌나? 산드라, 산드라…….

그리고 슈테판! 그는 사사건건 흠을 찾아내고 책잡는 데에 선수다. 이건 뭐가 안 좋고, 저건 뭐가 안 좋고, 이 사람은 뭐가 나쁘고, 저 사람은 뭐가 나쁘고, 계속해서 안 좋은 소리를 해 댄다. 기분 좋게 아이스크림을 먹으러 갔다 치자. 그런데 재수 없게 슈테판과 마주쳤다? 그럼 그때부터 아이스크림 값이 전에는 얼마였는데 많이 올랐다는 둥, 아마도 이 가게가 마피아에 돈을 보내는 것 같다는 둥, 어쩌면 베를루스코니°에게 줄지도 모른다는 둥의 얘기를 들어야 할 것이다. 그 정도면 다행이지. 아이스크림에 들어간 설탕이 얼마나 나쁜지에 대한 얘기에서 시작해 우리가 평소에 먹는 음식이 얼마나 오염되어 있고, 도살장에서 얼마나 안 좋은 일들이 일어나는지 등등에 대해서도 또 한참 떠들어 댈 것이다. 당신이라면 어떻겠냐? 나는 방금 삼킨 초코칩 아이스크림이 넘어가다 말고 목에 걸릴 지경이다.

아, 미레유도 있다. 미레유는 아주아주 귀여운 악센트로 독일어를 하는 프랑스 여자다. 그런데 이렇게 귀여운 미레유에게는 늘 중대한 걱정거리가 있어, 나타나는 모임마다 자기 걱정을 과시하는 무대로 만들어 버린다. 상영하는 작품은 늘 똑같다. 바로 '미레유'라는 작품.

한네의 새 남자 친구도 빠질 수 없다. 한네가 이 남자에게 홀딱 빠진 나머지, 둘이 사귄 후부터 우리는 한네의 옆모습밖에는 볼 수 없었다. 늘 얼굴을 남자 친구 쪽으로 돌리고 있으니까. 그래, 정말 잘생기기는 했다. 매력적이다. 하지만 그가 얼마나 한네를 함

° 이탈리아의 전 총리로 수많은 부정부패를 저지른 인물. (옮긴이)

부로 대하는지, 한 대 쥐어박고 싶을 지경이다.

이런 얘기를 하자면 끝도 없다. 아, 왜 내 주변은 이런 재수 없는 인간들로 가득한 걸까? 어느 순간에 이제 그만 만나야 하는 게 아닌가 싶은 인간들이 한둘이 아니다. 당신도 마찬가지라고? 이런 우연이 있나.

당신은 이런 인간들에게 어떻게 대처하는지 모르겠다. 내 전략은 다음과 같다. 꽤 효과적인 테크닉들로 구성되어 있다.

- 전화를 받지 않는다.
- L이 전화를 받으면 L의 얼굴 앞에다 손을 막 내젓는다.
- 핑계를 지어낸다.
- 지난번 핑계를 기억하려 애쓴다.
- 거리를 걷는데 저 멀리에서 꼴 보기 싫은 인간이 보이면 안 보이는 척 내지 죽은 척한다.
- 누가 초인종을 누르면 아무도 없는 척한다(아, 물론 진짜 배달시킨 피자일 수도 있으니 조심할 것).

최소한 두 개 항목에서는 고개를 끄덕였으려나? 그렇다면 축하한다! 당신도 나만큼이나 멍청하다는 뜻이니까! 산드라에게 한마디로 "싫어"라고 거절하지 못하고, 슈테판이 초코칩 아이스크림의 맛을 망치는 걸 보고만 있고……. 대체 왜 이러는 걸까? 전문가들은 자존감이 부족해서라는데, 모르겠다. 나는 그저 그러는 게 불쾌한 것이다. 아마도 전문가들의 말이 옳을 것이다.

산드라, 슈테판, 미레유, 한네의 남자 친구. 이 사람들의 공통점은 나한테 안 좋은 작용을 일으킨다는 것이다. 이들과 함께 있으면 짜증이 나거나 기분이 나쁘다. 그래서 힘들다. 어느 날 갑자기 이들이 '뿅' 하고 내 삶에서 사라진다면 나는 슬프기는커녕 축하하기 위해 아이스크림을 먹으러 갈 것이다. 그런데도 스스로 내 삶에서 지워 버릴 생각을 하지 않다니! 정말 이상하지 않나? 오히려 그 반대다. 슈테판이 이탈리아 정치의 부정부패에 대한 장광설에 이어 정치인들을 싸잡아 욕하기 시작하면, 나는 순한 양 같은 눈을 하고 규칙적으로 고개를 끄덕이며 그 멍청한 소리를 듣고 앉아 있다. 나는 또 오늘도 컴퓨터 앞에 앉아 산드라의 웹사이트를 들여다본다. 그리고 오늘 저녁 카페 아인슈타인에 같이 가기로 되어 있는 사람은? 맞다! 바로 미레유! 이 구제불능이랑 간다.

✖✖✖

"대체 난 왜 이러는 걸까?"

그날 저녁 책상 앞에 앉아서 산드라의 웹사이트를 들여다보다가 L에게 물었다.

"그야 자기가 겁쟁이니까 그렇지!" 부엌 쪽에서 L의 대답이 들려왔다. L은 아이와 함께 음식을 만들고 있는 중이었다. 식탁에는 레드와인이 한 잔 놓여 있었고, 나는 얼른 식탁 앞에 앉고 싶었다. "엄마 겁쟁이!" 아이도 아빠를 따라 외치고 둘이 킥킥거렸다. 뭔가 단단히 잘못 돌아가고 있는 것 같다.

다른 사람에게 잘 보이고 싶은 마음은 인간의 자연스런 속성이다. 인간은 사회적인 동물이라 아주 어린 시절부터 '내겐 다른 사람들이 필요해' 혹은 '사람들에게서 소외되면 안 돼'라고 생각하는 것이다. 몇만 년 전에는 부족의 일원이 되어 사는 것이 생명을 지키는 데 중요한 일이었다. 사벨타이거를 물리치고 매머드를 쓰러뜨리기 위해서는 집단이 필요하니까. 혼자서는 못 한다. 그런 점에서 사람들과 더불어 잘 지내는 일은 굉장히 중요했다. 부족에서 축출되는 것은 곧 죽음을 의미했다. 오늘날에는 냉동 피자가 있고 사벨타이거를 상대할 필요가 없는데도 여전히 이런 메커니즘이 작동한다. 우리 안에는 공동체의 일원이 되고자 하는 마음이 있다. 나쁜 건 아니다. 그럼으로써 우리는 사이코패스가 되지 않을 수 있기 때문이다.

그런데 조금 더 생각을 해 보면, 산드라는 매머드를 쓰러뜨리는 데 결코 도움이 된 적이 없다. 사벨타이거? 그게 나타나면 슈테판이 어떻게 할지 전혀 모르겠다. 슈테판의 수다가 그 맹수를 우울증에 빠뜨릴까? 천만에! 현실과 그 현실을 대하는 나의 태도는 전 남친과 나 사이 같다. 맞질 않는다. 완전히 불합리하다.

전문가들의 견해에 따르면 내 행동은 순전히 사랑받고 존중받고 싶어서라는데……. 그런데 주변을 둘러보면 멋진 사람들은 오히려 솔직히 의견을 말하고, 싫은 소리를 들을지언정 자기가 옳다고 생각하는 바를 말과 행동으로 보여 주는 사람들이다. 전문가들은 또 한 수 가르침을 준다.

사자는 양이 어떻게 생각하든 개의치 않는다.

그러나 나라는 사자는 여전히 산드라의 웹사이트 앞에 앉아 점점 더 기분이 언짢아지는 것을 느낀다. 나는 슬금슬금 부엌 쪽으로 걸어간다. 아이가 조리대 위에 앉아 나를 보고 환하게 웃는다. 손에는 커다란 나무 숟가락을 들고 얼굴에는 토마토소스를 묻힌 채. "어라?" 그 앞에 선 L이 미소를 지으며 나를 향해 한쪽 팔을 뻗는다. "다 끝난 거야?"

그럴 리가! 정말이지 조악하기 그지없는 웹사이트였다. 산만하고, 끔찍하고, 맞춤법도 틀린 곳투성이다. 어디서 어떻게 손봐야 할지 도무지 알 수가 없다.

"어디서부터 시작해야 할지 모르겠어." 나는 한숨을 푹 쉬며 L의 어깨에 머리를 떨궜다. "엄마 슬퍼?" 아이가 물으며 동정하는 듯한 눈빛으로 내 팔에 작은 손을 올렸다. 그러자 내 안에서 뭔가가 끓어올랐다. '그러니까 내가 제대로 거절하지 못하고 질질 끌려다니다가 이제는 아이의 위로를 받을 지경이 된 건가?' 나는 아이와 남편에게 가볍게 뽀뽀한 뒤 와인 잔을 들었다. 그러고는 "난 사자다!"라고 외치며 전화기가 있는 쪽으로 걸어갔다. L과 아이가 뒤에서 "으르렁" 하는 소리를 들으니 웃음이 났다.

번호를 누르면서 나도 "으르렁" 하고는 심호흡을 했다.

"여보세요?"

"안녕, 산드라! 저기… 할 이야기가 있는데… 웹사이트 말야. 내가 좀 보긴 했는데, 솔직히 말하면 나한텐 너무 과해."

"과하다니? 뭐가?"

"손볼 데가 너무 많아."

"그래? 그럼 어떡해야 하는 건데?"

"나야 모르지. 어떡해야 할까?"

이렇게 싸가지 없게 나오면 오히려 상대하기가 훨씬 쉬워진다.

전화는 금방 끝났고 나는 책상 앞에 앉아 화를 내는 대신 L과 아이와 함께 부엌에서 식사를 차리고 사자 흉내를 냈다. 그래서 기분이 한결 좋아졌냐고? 약간은.

그 뒤, 일어난 일을 면밀히 되돌아보고, 모든 것이 정당했다는 결론을 내린 뒤, 나는 엉덩이를 가볍게 씰룩이고, 양심의 가책을 (올레!) 가볍게 제껴 버렸다. 아이랑 사자 놀이를 할 수도 있는 그 몇 시간 동안 괜한 일을 할 뻔하다니! 이 프로젝트를 진즉 시작했어야 했다.

"정말 몰랐어. 내가 당신과 아이에게 들일 시간과 에너지를 다른 사람이 뺏어 간다는 걸." 자려고 침대에 누워 L에게 말했다.

하지만 뭔가 만족스럽지 않았다.

"당신과 아이가 아니었으면 하지 못했을 거야. 스스로 알아서 해야 했는데……."

나는 되뇌었다. 그러자 L이 하품을 하며 눈을 흘겼다.

"왜나 어떻게 같은 건 중요하지 않아. 중요한 건 할 수 있었다는 거지. 안 그래?"

L의 말이 옳다. 중요한 것은 해냈다는 거다.

물론 전문가들이 이 말에 100퍼센트 동의하지는 않으리라. 이건 올바른 해법이 아니라고 하겠지. 어쩌면 나는 편법을 쓴 건지도 모른다. 하지만 결국 중요한 것은 나의 자존감을 정비하는 것이다. 이제 더 이상 그 사람들 말은 신경 안 써도 되겠지? 이들 역시 무시해 버리면 그만이다. 나는 아주 기분 좋게 잠이 들었다.

다음 날 저녁 카페 아인슈타인에서는 아주 개판이었다. 절친 안네는 못 왔고 야나는 8시에 와서 30분도 안 되어 집에 가야 한다고 했다. 감기 몸살에 제대로 걸렸기 때문이다. 유감스럽게도 야나는 미레유를 두고 갔다. 미레유는 아주 유쾌한 표정으로 내 옆에 앉아 음료수를 마셨다. 나와 이야기하면서 줄곧 시선이 나를 보지 않고 몇 센티미터 비켜나 있길래 뒤에 뭐가 있나 싶어 뒤돌아보니 뒤에는 문밖에 없었다. 누가 그리로 들어오나 궁금한 모양이었다. 간혹 매대 뒤의 커다란 거울에도 시선을 주며, 묶은 머리를 얼굴 안쪽으로 잡아당겼다가 바깥쪽으로 보냈다가 했다. 내가 무슨 액세서리라도 된 기분이었다.

"그래?" 갑자기 구석 테이블에서 커다란 소리가 들려 쳐다보니 한네가 그녀의 조지 클루니 짝퉁과 팔짱을 끼고 앉아 있었다. 점점 더 흥미로워졌다. 여기에 산드라까지 있으면 완벽했을 텐데. 나는 퇴각작전을 벌이기 전에 먼저 친절한 미소를 지으며 자리를 옮겨 한네와 한네의 남친에게 미레유를 소개했다. 한네는 웃으며 미레유에게 "앉으세요"라고 했다.

"아, 난 방금 가려던 참이었어" 슬쩍 퇴각작전에 들어가려는데 미레유가 내 팔을 붙잡았다.

한네가 말했다. "그건 안 되지." 내 음료수는 반이나 남아 있었다. 나는 철푸덕 앉아 속으로 내 자신을 한심해하며 고개를 절레절레 흔들었다. 그리고 곧 흥미로운 일이 벌어졌다.

미레유는 완전히 클라이맥스에 달해서(기분이 끝없이 상승곡선을 긋는 것 같았다) 한네의 남자 친구가 무슨 말만 하면 누가 코카인과 레드불을 섞어 가슴속에(더 정확히 말하면 머릿속에) 직접 들이붓기라도 한 것처럼 고개를 뒤로 제껴 가며 깔깔거렸다. 한 번은 이쪽으로, 한 번은 저쪽으로 머리칼을 흔들면서 음료를 마실 때마다 혀로 입술을 핥았다. 확실했다. 미레유는 교태를 부리고 있는 거였다! 제3자가 보기에는 꼴불견이었지만 그 작전은 먹히는 것 같았다.

조지 클루니는 갑자기 상체를 꼿꼿이 세우고는 목소리를 더 높였다. 내가 착각을 한 건지 모르겠지만, 그는 이미 한네에게서 조금 물러나 앉은 것 같았다. 센서가 이미 오래전에 알람을 울렸는지 한네는 미레유에 대항해 보려고 용을 쓰고 있었다. 큰 목소리로 팔을 마구 휘저으며 이런저런 말들을 했다. 하지만 부족했다. 한네에게 불행이 시작되고 있었다.

또다시 미레유의 머리칼이 내 얼굴 쪽으로 날아오자 울컥하고 짜증이 올라왔다. 꼭 조지 클루니 때문만은 아니었다. 내 주변 어디선가 인간관계가 삐걱거리기 시작하면 자동적으로 나타나는 반사작용이었다. 이런 상황이 생기면 나는 몹시 불쾌해져서 평화를 되찾기 위해 무슨 일이든 다 한다. 이번 같은 경우에는 미레유를 케이오시켜서 바닥에 눕혀 버려야 했다.

그치만 미레유를 케이오시키는 일은 이런저런 이유들(무엇보다 형법상의 이유) 때문에 불가능했기에 일단 지켜보는 수밖에는 없었다. 그런데 순간, 아주 놀라운 깨달음이 찾아왔다. 내가 짜증이 나서 의자에서 널을 뛰든, 장이 비비 꼬이든, 미레유 때문에 창피해서 위궤양이 생기든, 등을 기대고 앉아서 이 꼴사나운 상황이 끝날 때까지 조용히 기다리든 바뀌는 일은 없다는 것! 내가 괴로워한다고 한네에게 도움이 되는 것도 아니고, 나한테 도움이 안 되는 것은 당연한 일이며, 아무튼 누구에게도 도움이 되지 않는다. 또한 이 참사가 내 책임인 것도 아니었다. 한네에게도, 이미 미레유에게도 책임이 없었다. 그러니 미레유를 소개한 것을 사과할 필요도 없다. 모두가 성인이고, 모두가 스스로 살아가는 것이다. 그렇게 생각하자(후아!) 놀라운 해방감이 찾아왔다!

'나는 책임 없어.'

그렇게 생각하니 기분이 좋아서 몇 번이나 그 생각을 했다.

그럼에도 한네가 가엾은 생각이 들었다. 이건 도살에 가까웠다. 20분 뒤 이 새로운 커플은 약속을 잡았고, 물론 한네도 초대받았다. 한네는 "고맙지만 사양하겠어"라고 말하지 않았다.

미레유가 일어서고, 조지 클루니가 친절하게도 그녀를 집에까지 바래다주겠다고 했을 때 내가 선택할 수 있는 보기는 하나밖에 없었다. 한네의 팔짱을 끼고, 아주 독한 술을 주문하는 것.

우리는 친구들에 대해서는 아주 특별한 책임감을 갖게 된다.

아아… 친구들!

친구들의 재수 없는 습관 대처법

우정은 특별한 현상이다. 사랑처럼 말이다. 하지만 사랑과는 다르다. 옛날부터 전해 내려오는 이런 이야기가 있다.

어느 날 사랑이 우정에게 물었다.

"내가 이미 있는데 너는 왜 있는 거야?"

우정이 대답했다.

"네가 눈물을 남기는 곳에 미소를 가져다주려고."

맞다. 사랑과 우정은 다르다.

언젠가 요아힘 카이저라는 현명하고도 위대한 학자가 말했다. 사랑은 나이 아흔에도 갑자기 빠질 수 있는 것이지만, 우정의 행복에 도달하는 데는 시간이 걸린다고. 서로를 알아 가는 세월이 필요하며, 서로를 경험하고, 간혹 싸우기도 해야 하고, 같이 밥도 먹고, 경험을 나눠야 한다고. 정말 친구들과는 한번쯤 싸우기도 하고, 서로 지긋지긋해하기도 하고, 또 서로에게서 배우기도 한다. 우정은 그런 관계다.

행복한 삶에 있어서, 그리고 건강하게 사는 데에 있어서 우정은 사랑과 운동보다 중요하다. 뭐든 얘기할 수 있고 무조건 신뢰할 수 있는 사람! 내가 행복하게 사는 것 외에 나에게 아무것도 바라지 않는 사람! 그런 사람은 많지 않다. 비슷한 데까지 오는 사람들은 정류장 주변에서 마을버스를 기다리는 10대 애들만큼이나 많지만, 삶에서 진정한 친구는 많지 않다. 전 남친네 집에 있다가도 새벽 네 시에 전화를 걸어 "나 좀 데려가!"라고 말할 수 있는 친구. 만약에, 설사 거기가 다른 나라라고 해도 "코스타리카? 너 미쳤니?"라고 하지 않고 "코스타리카? 코스타리카 어디?"라고 물어 줄 수 있는 친구.

나는 친구가 몇 명인지 금방 셀 수 있다. 친구가 몇 없기 때문이다. 사회성이 부족해 보이겠지만, 사실이 그렇다(L도 친구에 포함시킬 수 있을 것이다. 신이 아시다시피 우리는 이미 징글징글하게 싸웠다).

L을 제외하고 내 친구 둘 중 한 명은 앞에서 등장했던 안네다. 우린 다섯 살 꼬마였을 때부터 친구였다. 안네는 상당히 에소테릭한 경향이 있는 친구다. 다 커서 안네를 알게 되었다면 아마 안네와 친구가 될 수 없었을 것이다. 에소테릭한 경향이 있는 사람들은 안네 외에는 모두 거슬린다. 그런데 왜 안네만은 그렇지 않을까?

그건 아마도 내가 그녀를 속속들이 알고 있다고 생각하기 때문일 것이다. 안네라는 사람, 그녀의 본성을 말이다. 안네는 자기 본성 위에 활력 있는 사람인 척 본성을 감추는 가면을 쓰기도 한다. 하지만 내 눈에는 그 너머의 안네가 들여다보인다. 그것이 오래된 우정의 특별한 점이 아닐까? 누군가가 가면을 뒤집어쓰기 전에 그 사람을 알게 되었다는 것! 그들이 가식적인 모습을 보여 주기 시작하고, 세월이 흐르면서 그 가식적인 모습을 자신이라 여기기 전에 말이다.

또 한 명의 친구는 야나다. 야나는 처음 봤을 때부터 눈에 확

띄었다. 그녀가 '다른 나라, 다른 관습(Andere Läender, andere Sitten)'이라는 말에서 철자만 하나 바꾸어 '다른 나라, 다른 얼간이들(Andere Läender, andere Titten)'이라고 쓰인 티셔츠를 입고 있었기 때문이다. 우리는 단박에 서로 통했다.

세월이 흐르면서 다른 친구들이 생겼다 사라지고는 했지만 야나는 남았다. 물론 세상에는 나와 친구가 될 만한 이들이 많이 있을 거라고 확신한다. 하지만 내 게으름이 새로운 사람들을 발견하지 못하게 한다. 친구를 사귀고 우정을 유지하는 데는 상당한 힘과 에너지가 소모되기 때문이다. 나는 때때로 야나와 안네만으로도 버겁다고 느끼고는 한다. 이 둘에게는 L과 아이에게 느끼는 듯한 책임감을 느낀다. 이들이 힘들면 나도 힘들다. 이들이 어디에 있든지(그곳이 세상 끝이라 할지라도) 언제든 그들을 데리러 갈 준비가 되어 있다. 이별하는 것과는 정반대다.

이들로 인해 진정한 도움이 무엇인지 아주 소중한 교훈도 얻게 되었다. 남을 돕는 행동 자체는 멋지다. 특히 고귀한 목표를 위해 자기를 희생해 가면서까지 행한다면 말이다. 그런데 뜻이 좋다고 해서 결과도 좋은 것은 아니다. 의도와는 정반대의 효과를 내는 일은 비일비재하다. 이는 선교사와 군대, 수많은 사람들을 줄줄이 죽음으로 몰아간 마약 개발 등을 통해 역사적으로 증명되었다.

고통받는 자를 도와주고 싶은 마음이 없는 사람은 없을 테다. 특히 그 고통받는 사람이 아주 가까운 사람이라면 더더욱 도와주고 싶다. 그러나 내 행동이 언제나 도움이 되지는 않는다는 사실은 일이 뜻대로 안 될 때에야 비로소 배울 수 있게 된다. 나는 안네와의 일로 인해 그것을 깨닫게 되었다. 안네는 우울증이었다.

✖✖✖

안네가 내게 자신은 그냥 울적한 정도가 아니라 꽤 심각한 우울증이라고 했을 때, 나는 소매를 걷어붙이고 손뼉을 치면서 외쳤다. "그래? 해보자. 우울증? 덤비라고 해. 한 방 먹여 줄 테다!"

그러나 안네가 정말로 필요로 하는 도움은 그런 게 아니었다. 사람들은 보통 어떻게 하면 좋을지는 생각하지도 않고 일단 무작정 돕겠다고 덤빈다. 그렇게 한다고 해서 언제나 좋은 결과가 따라오는 건 아니다.

내가 안네의 기분을 업시키려고 할수록 안네는 죄책감을 느꼈다. 나는 안네가 좋아지지 않는 걸 보면서 내가 뭔가 잘못하고 있나 하는 생각을 하게 되었고, 그럴수록 안네는 더 나빠졌다. 우리는 뭔가 잘못되어 가고 있다는 느낌과 괴로움 사이에서 악순환에 빠져들었다. 누구한테도 도움이 되지 않는 상황이었다. 그 시점에 이미 나는 정말 많은 에너지와 시간(내 시간뿐 아니라 L의 시간까지도), 알코올을 쏟아부은 채였다. 하지만 안네는 좀처럼 나아지지 않았다. 안네뿐 아니라 모두들 점점 상태가 나빠졌다. 도우미를 자

처한 이들에게는 참으로 비참한 결말이었다.

야나가 끼어들면서 상황은 더 안 좋아졌다. 나를 걱정한 야나는 나를 도와줘야겠다는 의무감을 느꼈다. 그러자 정말로 카오스가 시작되었다. 어떤 똑똑한 전문 상담가가 내게 이런 질문을 하기 전까지 말이다. "정말로 제3자보다 당신이 친구의 감정을 더 잘 다룰 수 있다고 생각하세요?" 정곡을 찌르는 말이었다.

내가 안네와 안네의 우울증에 대한 책임감을 내려놓자, 상황은 곧 반전되었다. 그 후 나는 안네가 우울증을 가지고도 그런대로 살아가는 모습을 보고 놀라워했고, 나의 경탄을 안네에게 전해 줄 수 있었다. 그러자 바로 그 점이 안네에게 도움이 되었다. 안네가 스스로를 자랑스러워하게 되었기 때문이다. 안네는 내 노력이 그녀를 행복으로 이끌지 못했다고 해서 내 앞에서 의기소침해하지 않게 되었고, 험난한 시절 가운데서도 나와 함께 얻어 낸 작은 성공들과 아름다운 순간들을 기뻐했다. 안네의 바뀐 점들이 내 눈에 들어오기 시작했고, 나는 거기에 감탄과 존경을 표했다.

우울증이나 중독증에 시달리는 친구, 치매에 걸린 엄마, 이와 비슷한 불행을 가진 사람을 주변에 둔 이들에게는 신경정신과 의사 마이클 베넷과 그의 딸 세라 베넷이 쓴 책 《Fuck Feelings》[o]에 나오는 이 편지가 도움이 될 수 있겠다.

o 마이클 베넷, 사라 베넷의 《Fuck Feelings》 (Simon & Schuster, 2015)

— 사랑하는 (나 자신 / 가족 / 세상에서 가장 불행한 이)에게

나는 내가 아끼는 사람이 (괴로워하는 것 / 우는 것 / 무기력한 것 / 고통에 허우적대는 것)을 보기가 힘들어서 무슨 방법이 있을 거라고, 내가 (더 많이 노력해서 / 루르드로 순례를 보내서 / 정신분석가에게 돈을 쏟아부어서) 그런 길을 찾고야 말리라 생각하죠. 하지만 그것은 옳지 않아요. 나는 (당신을 위해 있어 주면서 / 알록달록한 아프리카 가발을 쓰고 / 거듭 방귀를 뀌면서) 당신의 괴로움을 가능하면 덜어 주고 싶어요. 하지만 효과가 없다 해도 그게 나나 당신이 실패했다는 뜻은 아니에요. 나는 당신이 계속해서 (샤워를 할 수 있다는 것 / 쓰레기를 아래로 들고 가서 버리는 것 / 새날을 시작할 수 있다는 것)에 경탄할 거예요.

✖✖✖

그러나(다행히도) 우리가 친구들로 말미암아 겪게 되는 문제는 그들이 중대한 정신질환에 시달리고 있어서가 아니라, 그들이 우리의 신경을 거스르는 행동을 하는 데에 그 원인이 있다. 즉 그들 자체가 아니라, 그들이 하는 몇 가지 행동이 문제란 말이다. 물론 그럴 수밖에 없다. 빈틈없이 완벽하게 매력적인 사람은 없기 때문이다. 나 자신도 예외가 아니다. 나는 자꾸만 얘기 중에 영화를 인용해서 수도 없이 친구들의 신경을 건드린다. 문제는 나만 아는 영화를 인용한다는 것, 그리고 내게만 그 영화가 엄청나게 우습다는 것이다. 친구들은 이런 내 습관을 견뎌야 한다.

하지만 이런 나도 L만큼은 나쁘지 않다. L은, 정말로 왜 그러는지 모르겠지만, 취하기만 하면 스위스독일어로 이야기하기 시작한다. 아니, 자기는 스위스독일어라고 생각하지만 듣고 보면 국적불명이다. 내가 뒤늦게 바에 갔는데 L이 내게 "으흐응, 자기 와셩?"이라고 하면 이미 상황 파악이 끝난다.

사실 이 정도의 버릇이나 습관은 아무에게도 폐가 되지 않는다. '사랑스런 독특함'이라는 꼬리표를 붙일 수도 있을 것이다. 친구들은 완벽하지 않다. 그리고 좋아하는 사람 앞이니 그런 유난을 떨지, 어디에 가서 그런 짓을 하겠는가? 그러니까 친구는 우리의 신경을 거슬러도 된다는 뜻이냐고? 정답! 우리 역시 친구들의 신경을 거스르니까(내가 영화를 인용해서 대화하는 모습을 보라)!

가령, 이미 말했듯이 안네는 에소테릭한 면이 있는 데다 우리에게 잘해 주려고 하다 보니 우리 집에 계속해서 무언가를 보낸다. '생명의 꽃'이라는 이름의 예쁜 기하학 패턴으로 된 컵받침도 보내고, 우리가 마시는 물에 생명력을 부여해 준다는 작은 돌들이 들어 있는 유리관도 등장한다(이것은 아이가 좋아하는 장난감이 돼 버렸다). 그 외에도 투명한 피라미드와 다양한, 정선된, 끔찍한 수호천사 인형들이 있다. 안네는 이렇게 나를 괴롭힌다. 그 정도면 귀여운 편 아니냐고? 그건 인형을 실제로 안 봤으니까 하는 말이고.

반면 야나는 내가 '터널 시야'라고 부르는 초능력을 가지고 있다. 누군가나 무엇인가에 대해 한번 판단을 내리면 자신의 판단에 배치되는 사실이나 사건은 모조리 무시해 버리는 능력인데, 정말 사람을 짜증 나게 한다.

친구들이 신경을 거스르는 이유야 사람이 다양한 것만큼이나 다양하다. 당신은 무슨 행동으로 친구들의 신경을 거스르는가? 술에 취하면 계속해서 같은 말을 하나? 대화를 하면서 계속 말꼬리를 잡고 아재 개그를 하나? 자기 이야기에 살을 붙여서 미화하나? 당신의 '사랑스런 독특함'을 한번 확인해 보자. 그렇다고 여기에 너무 마음 쓰지는 말고. 우리가 뭐, 하나같이 잭팟은 아니니까.

- ....
- ....
- ....

✖✖✖

그런데 '사랑스런 독특함'과 '참아 줄 수 없는 기벽'의 차이는 무엇일까? 그 행동이 다른 사람들에게 어떤 영향을 끼치는지에 따라 갈리는 것 같다. 상대의 어떤 행동이 그냥 내가 눈을 좀 흘기게 되는 정도인가, 아니면 신경을 거스르는 정도가 너무 심해서 나의 시간과 에너지를 잡아먹을 정도인가? 눈을 흘기는 정도에 그친다면 평범한 우정에 속하고, 그냥 참아 줄 만한 것이다. 그럴 때에는 상대방이 눈치채게끔 대놓고 눈을 흘겨 주면 된다. 수호천사 인형이나 컵받침, 생명수 유리관을 눈 흘김과 교환한다면 공정한 거래라고 볼 수 있다.

포에트리 슬램에 억지로 앉아 있는 정도쯤 되면 좀 힘들어진다. 신경 끄고 싶은 것에 시간과 에너지를 버려야 하는 순간 말이다. 정말로 다른 할 일이 있는데도 그러고 있어야 한다면, 그건 고통이다(다른 할 일이라는 게 집에서 조는 것이라 할지라도). 내가 집에서 조는 것과 맞바꿔야 했던 몇몇 친구들의 놀라운 행적들을 열거하기 전에 짚고 넘어가야 할 것이 있다.

나는 물론 내가 좋아하는 친구가 곤경에 처하면 곧장 도와줄 수 있다(앞서 했던 코스타리카 이야기 기억하시는지?). 곤궁에 처한 내 친구들은 필요한 것이 무엇이든 간에 내게서 얻을 수 있을 것이다. 진심으로. 나의 시간, 나의 귀, 나의 콩팥, 돈, 빈틈없는 알리바이 조작……. 문제없다! 그런데도 내가 친구의 부탁을 무시해 버리는 경우가 있다면 내가 없어도 상대에게 커다란 불행이 되지 않기 때문일 것이다. 예를 들어 톰의 포에트리 슬램 같은 것.

다음과 같은 경우도 그에 속한다.

#밴드 공연

학창 시절이 지나면 이런 것도 좀 제껴야 한다. 학창 시절이라면 옌스와 올레, 구르케가 동네 체육관에서 열리는 자기네 밴드의 공연에 와 달라며 손수 그린 팸플릿이나 초대장을 나눠 주는 것도 당연한 일이다. 거기에 얼굴을 내밀고 우레와 같은 박수를 보내는 것도 당연한 일이었다.

대부분은 언제 한 곡이 끝나고 다른 곡이 시작되는지 분간도 잘 안 된다. 그래도 그런 일에 그냥 오케이를 했던 것은 딱히 할 일도 없었기 때문이다. 그때는 페이스북도, 트위터도, 캔디크러쉬사가도 없었고 직장도, 아이도, 밀린 집안일도 없었으며, 중간중간 눈을 붙이고 싶을 정도로 피곤하지도 않았다. 그러나 하느님도 아시다시피 상황은 많이 변했다(특히나 눈을 붙이고 싶은 욕구에 관해서는).

옌스와 올레와 구르케가 그동안에(국제적으로 명성을 떨치는 락스타가 아니라) 각각 치과 의사, 정원사, 심리 치료사가 되었고 그들이 연주하는 곡들이 구분이 안 가는 건 예나 지금이나 마찬가지기 때문에, 나는 더 이상 체육관에 서 있고 싶지 않다. 체육관에서는 쿰쿰한 냄새까지 난다. 오해하지 마시길. 공연장이 오페라하우스나 거실로 바뀌면 옌스와 올레와 구르케의 음악을 듣고 싶다는 얘기가 아니다. 장소가 문제가 아니다. 문제는 음악 그 자체다.

이런 딜레마에서 빠져나오기 위한 방법은 정말 바쁜 척 행동하는 것이다. 아이가 생길 때까지는 계속 이렇게 바쁜 척을 해야 한다. 아이가 생기고 나면 더 이상 바쁜 척을 할 필요가 없다. 이것이 수많은 희생을 동반하는 육아의 최대 장점 중 하나다. 하지만 육아의 힘을 빌리지 않고, 자신의 인생에서 중요하지 않은 일은 정말로 그만두기로 마음을 굳혔다면 이렇게 말하는 수밖에 없다.

"나는 너희들의 공연에 가느니 차라리 (다림질을 하는 게 / 잠을 자는 게 / 자책감을 느끼는 게) 나아. 너희들은 너무 매력적이고 그런 너희들을 좋아하지만, 너희들의 음악은 (그저 그래 / 내 취향이 아니야 / 정말 이상해). 이해하지?"

#이사

이 또한 과거의 유물이긴 마찬가지다. 내가 20대였을 때는 거의 매주 이사가 있었다. 그때는 다들 셰어하우스에서 살았고, 돌아가면서 방을 바꾸었다. 냉장고 칸이나, 사귀는 상대, 혹은 설거지나 청소와 관련된 의견 차이 때문에 말이다. 이사가 결정되면 오래된 폭스바겐 미니버스를 동원해서 이사를 했다. 다들 박스, 화분, 대나무 테이블 따위를 위에서 아래로 날랐고 새로운 집에 가서는 다시 위로 올렸다. 그러고는 새 집에서 맥주 한 궤짝을 통째로 비우고는 했다.

시간이 흘러 이제 우리는 서른을 훌쩍 넘겨 버렸는데, 여전히 주말에 이사를 도와줄 수 있냐고 묻는 친구나 지인이 있다. 그들은 예전처럼 셰어하우스에 사는 라이프스타일을 고수하거나(이런 경우는 거의 없다고 봐야 한다), 자신들의 라이프스타일이 그동안에 변했음을 자각하지 못하는 경우다(전부 이런 경우다). 이제 이사를 도와주러 가면 이삿짐이 든 박스 몇 개와 유카나무 화분과 대나무 테이블 대신에 80평방미터의 오래된 아파트에서 쏟아져 나오는 어마어마한 짐 덩어리들과 마주하게 된다. 엘리베이터도 없는 아파트의 3층까지 세탁기를 들고 올라가야 하는 게 확실하다. 이때 갈등을 피하고 싶은 사람은 허리나 등이 아프다고 핑계를 댈 수 있다. 30대 중반 이후라면 안 아픈 게 오히려 이상하니까. 그러나 역시 가장 좋은 방법은 이것이다. 효과가 더 오래간다.

"네가 이사하는 걸 돕느니 차라리 (한숨 자겠어 / 일을 하겠어 / 다리털을 밀겠어). 너는 매력적이고 그런 너를 좋아하지만, 이사를 돕는 건 너무 힘들어. 주말을 힐링하고 회복하는 데 써야 해. 하지만 이사가 끝나면 맥주나 라자냐를 사 줄 수는 있어. 이해하지?"

#프로젝트

프로젝트는 너무 두루뭉술한 말이다. 더 정확히 말하자면, 우리가 **도.와.주.어.야** 할 프로젝트다. 우리들은 모두 뭔가 마음에 두고 있는 게 있고, 자연스럽게 친구들이나 아는 사람들에게 도움을 구한다. 그렇게 해서 멋진 작업이 탄생할 때도 있다.

누군가가 당신에게 모금 프로젝트에 함께해 줄 수 있는지 물었는데 당신이 그 일을 긍정적으로 생각한다면 문제될 게 없다. 친구들에게 중고품 매매, 맘 카페, 열린 무대, 반려동물 입양 주선 제과점 같은 기발한 아이디어가 있고, 그런 친구를 위해 웹사이트를 만들어 주고 싶다? 뭐가 문제람? 해 주면 되지. 그건 당신의 시간이니까. 그 시간에 동물보호연대에서 강아지들을 산책시켜 주든, 거식증 환자들을 위해 음식 봉사를 하든, 중요한 것은 그 일이 당신의 가슴을 울리느냐다. 그러나 그런 프로젝트가 내키지 않고, 그러면서도 동물 애호가인 친구나 거식증에 걸린 친구에게 상처 주고 싶지 않다면 이렇게 말해 보자.

"친구야, 나는 널 정말로 좋아하지만, (모금을 하는 것 / 음식 봉사를 하는 것)보다는 그냥 집에서 (다림질을 하는 것 / 잠을 자는 것 / 스스로를 자책하는 것)이 나아. 나는 양심의 가책이 느껴지고 네가 나를 더 이상 좋아하지 않을까 봐 겁이 나. 하지만 난 (모금 / 음식 봉사)는 할 수가 없어. 이해하지?"

#여가 활동

멋진 여가 활동은 얼마든지 있다. 하지만 난 대부분 그다지 내키지 않는다(누누이 이야기했듯이 나는 추리닝 바지를 입고 소파에서 뭉개는 걸 더 좋아한다).

어떤 여가 활동을 같이 하자고 설득하는("등산 가자! 얼마나 멋진데!") 친구들은 상대가 그 활동이 얼마나 즐거운지 아직 모른다는 착각에, 가능하면 인상적으로 묘사해야 된다는 의무감을 느끼는 것 같다. 나 역시 추리닝 바지를 입고 소파에서 뒹구는 게 얼마나 재미있는지를 설득력 있게 전달하고자 하였으나 실패했다. 이후로는 그냥 원칙을 끌어다 댄다.

"나는 원칙적으로 등산 같은 거 하지 않아."

이 말 한마디면 구질구질한 토론에 쉽게 종지부를 찍을 수 있다.

이런 식으로 하기 싫은 일들을 약간만 추려 내면 훨씬 멋진 인생을 살 수 있다. 정말로 중요한 일을 할 시간을 벌 수도 있고. 어떡해야 할지 모르겠다면 아래에 적힌 질문들의 도움을 받아 보자.

- 내가 (모금 활동 / 음식 봉사 / 포에트리 슬램)에 가지 않으면, 친구가 나를 더 이상 좋은 친구라고 생각하지 않을까?

☐ 그렇다 ☐ 아니다

- 내가 (모금 활동 / 음식 봉사 / 포에트리 슬램)에 가지 않으면 친구가 자기를 싫어한다고 오해할까?

☐ 그렇다 ☐ 아니다

- 이건 일종의 품앗이 같은 걸까? 내가 (모금 활동 / 음식 봉사 / 포에트리 슬램)에 한 번 가 주면, 친구가 싫어도 나와 함께 줌바댄스 피트니스에 가 주는 식으로?

☐ 그렇다 ☐ 아니다

- 우정 때문에 그냥 무조건 그렇게 해 주어야 할 것 같나?

☐ 그렇다 ☐ 아니다

이 질문들에 '그렇다'라고 답한다면, 평생 아무것도 바뀌는 게 없을걸?

세 번째 똥차

내다 버리고 싶은 가족,
잔소리하는 친척들

똥차 리스트 ❸ 가족, 친척들

- 명절 잔소리 대처법
- 시어머니는 무서워!
- 가족들의 이상한 선물 처리법
- 이상한 친척은 좀 OUT!
- 종교와 정치 얘기가 나오면 명심해야 할 것
- 먹기 싫으면 먹지 말자
- 가족 전통이 그리 중요해?
- 부모를 실망시키는 평범한 일

✖✖✖

가족, 친척과 관련된 사항들은 똥차들과 이별하겠다는 이 프로젝트의 프로 레벨이다. 운동경기로 치자면 자유종목과 규정종목 중 자유종목에 해당한다. 당연하다. 우리는 어릴 때부터 피는 물보다 진하다고 귀에 못이 박히도록 들어 왔으니까. 좋아해 주는 사람이 아무도 없는 네오나치 삼촌도 가족 행사가 있으면 초대해야 한다고 배우니까. 하지만 나이가 들면 누가 가르쳐 주지 않아도 안다. 나치 삼촌은 초대할 필요가 없다는 것을. 그래도 아무 일도 일어나지 않는다는 것을. 그 삼촌이 자기 머리털을 잡아 뜯을지는 모르겠지만 아무튼 그 모임에는 없는 것이다.

그러나 똥차 같은 사람이나 상황과 이별하는 문제들은 대개 본질적으로 복잡하고 미묘하다. 다른 가족들은 네오나치도 아니고 굉장히 사랑스런 사람들이기 때문이다. 기록적인 속도로(순식간에) 화를 발동시키는 습관과 특징과 행동양식을 가졌을 뿐. 혈연관계가 가까울수록 그 속도가 더 빨라진다는 것이 대략적인 법칙이다.

제3자의 눈에는 화를 발동시키는 순간이 아무렇지 않아 보일 수도 있다. 그래서 나는 화가 나서 어쩔 줄 모르고 손을 내젓는데 제3자들은 한목소리로 말한다. "어째서어? 너희 (어머니 / 이모 / 언니) 엄청 상냥하시던데?" 거기에 입에 거품을 물고 골룸 같은 목소리로 "아니거든, 전혀 아니거든!"이라고 마구 뱉어 내기 직전이라면 약간 조심해야 한다. 배배 꼬인 사람처럼 보일 수도 있으니까. 가족 간에는 남들이 모르는 맥락이 있다. 지금까지 그들이 나에게 한 말, 나에게 한 행동, 또는 아직 하지 않은 행동들로 이루어진 맥락이다. 이 때문에 감정이 실리는 것이다.

가족에 대한 감정은 이렇게 복잡하다. 때문에 가족의 행동 중 그냥 신경을 좀 거스르고 마는 것과 정말로 급박하게 이별해야 하는 것을 구분하는 게 중요하다.

누군가를(나를) 뚜껑 열리게 만드는 가족 구성원(나의 엄마)의 특이한 행동을 다음과 같은 예를 통해 살펴보자.

✖✖✖

엄마한테는 정말 화를 머리끝까지 나게 하다 못해 마지막 인내심까지 앗아 가는 면이 있다. 정말 너무 지독하고, 이 말을 하고 있는 동안에도 소름이 끼칠 정도다. 지옥이다. 엄마한테는 콧노래를 끊임없이 부르는 습관이 있다.

흥! 쳇! 하며 비웃는 소리가 들리는 것 같다. 뭐 그런 걸 가지고 난리냐고? 하지만 당신을 화딱지나게 만드는 것을 한번 떠올려 보자. 아마 그것 역시 다른 사람들이 보자면 '에이, 뭐 그런 걸 가지고 그래'라고 할 만한 사소한 일일걸? 우리 엄마는 계속해서 콧노래를 부른다. "음— 음— 음— 음—." 분명 노래를 부르고 있는 건데 아무래도 노래처럼 들리지 않는다. 뭐, 이건 별문제도 아니다. 선곡이 정말 수준 이하다. 한여름에 크리스마스 캐럴을 부르지 않나, 캐럴을 다 부르면 〈마술피리〉에 나오는 곡들을 부르지 않나, 또 그 노래들까지 다 부르면 에로스 라마조티의 흘러간 노래를 부른다. 우습다고? 내 생각도 그렇다. 그런데 이런 콧노래가 내 뚜껑을 열리게 만드는 데엔 또 다른 포인트가 있다. 엄마가 언제 콧노래를 부르느냐 하는 문제다. 엄마는 상대와 대화하다가 엄마 생각은 다른데 더 이상 대꾸하고 싶지 않을 때 콧노래를 부른다. 이런 식이다.

엄마 : 식기세척기에 넣기 전에 애벌 설거지 꼭 해. 그래야 접시들이 깨끗해져.

나 : 우리 식기세척기는 그런 거 필요 없어.

엄마 : 음— 음— 음— 음— 음—.

나 : **(울화통)**

또는,

엄마 : 저 은퇴한 축구선수 있잖아, 꼭 세금 탈루하게 생기지 않았니?

나 : 엄마는 얼굴만 보고 그 사람이 세금을 꼬박꼬박 내는지 안 내는지

어떻게 알아?

엄마 : 음- 음- 음- 음- 음-.

나 : (울화통)

엄마와 나의 의견 차이는 이렇게 나타난다. 대화의 주제가 무엇이냐는 중요하지 않다. 정치적 발언이건 누가 무슨 옷을 입는지에 관한 문제건 늘 콧노래다.

엄마 : 너 그걸 결혼식에 입고 갈 작정이니?

나 : 왜? 예쁘잖아!

엄마 : 음- 음- 음- 음- 음-.

못마땅한데 딱히 할 말이 없을 때 콧노래를 부르는 게 엄마의 전략이다. 엄마가 있는 자리에서 사람들이 옥신각신하거나, 무안한 나머지 가만히 있어야 할 때면 영락없이 그 전략을 쓴다. 엄마와 쇼핑하러 가서 점원을 좀 애먹인다 치자. 그러면 3초도 되지 않아 엄마 쪽에서 〈엘리제를 위하여〉가 들려온다.

나를 미치고 팔짝 뛰게 만드는 건 당연히 노래 자체가 아니다. 그보다 노래가 상징하는 것이다. 엄마는 직접 부딪치기도 싫고 자신의 의견을 이야기하기도 싫은 것이다. 대신 콧노래를 흥얼거림으로써 자신은 상대에게 동의하지 않음을 나타낸다.

콧노래는 엄마의 마음 깊은 곳에 있는 생각을 보여 준다. 내가 이해가 가지 않는 건 바로 이 점이다. 엄마는 악마를 피하듯 결정을 내리는 걸 피한다. 어떤 결정도 내리지 않는다. 그 결과 엄마는 그 어느 사안에도 결코 책임이 없다. 뭔가 일이 제대로 돌아가지 않아도, 음식이 맛이 없어도, 어떤 일이 불가능하다고 결론이 나도 엄마의 책임이 아니다. 덕분에 엄마는 일이 다 벌어진 뒤에 "쯧쯧" 소리를 낼 수 있는 자격을 갖게 된다. 그리고 이 문장이 튀어나온다. "에그그. 이러이러하게 했으면 더 좋았을걸." 이거 정말 사람을 미치게 만든다.

나는 결정을 하지 않으려는 엄마의 전략을 오래전부터 보이콧하고 있다. 이런 식으로 고집을 피우면서 말이다.

나 : 내가 뭘 좀 만들까? 아니면 이탈리아 식당에 갈래?

엄마 : 넌 어느 쪽이 좋은데?

나 : 아니, 난 엄마가 어느 쪽이 좋은지를 알고 싶어.

엄마 : 뭘 만들려고? 난 상관없어!

나 : 그냥 뭐가 더 좋은지 말해.

엄마 : 이탈리아 식당에 가는 것도 좋아. 하지만 같이 뭘 만들어 먹는 것도 좋고.

한참 동안 이런 대화가 계속된다.

분명 짜증 나는 습관이다. 그렇다고 해서 내가 엄마에게 이별을 통보해야 할까? 맙소사, 그럴 수는 없다. 그렇다면 콧노래를 부르지 못하게 하기 위해 뭔가를 할 수 있을까? 그것도 불가능한 일이다. 하지만 엄마와 이야기를 나누며 엄마가 왜 그렇게도 결정을 내리기 힘들어하는지 묻고 그 이유를 이해하려 할 수는 있다. 그런다고 엄마가 콧노래를 멈추지는 않겠지만, 전보다는 덜 거슬릴 것이다.

우리는 가족들의 독특한 면을 바꿀 수 없다. 또한 그런 독특한 면이 거슬리지 않도록 나를 바꿀 수도 없다. 그래서 가족들은 우리의 신경을 거스른다. 그냥 그 사실을 받아들이면 더 이상 그렇게 머리끝까지 화가 나지는 않을 것이다.

우리가 바꿀 수 있는 건 나 자신의 행동양식이다. 마르타 이모와의 일화를 한번 살펴보자.

명절 잔소리 대처법

내가 기억하는 한 마르타 이모는 적어도 L을 만나기 전까지는 볼 때마다 나를 못살게 굴었다. 가족 모임 메뉴가 커피에서 술로 바뀔 때쯤이면 이모는 잔소리를 하기 위해 구렁이 담 넘어가듯 주제를 바꾸었다. 이런 수법은 굉장히 어쭙잖아 보였다.

"아휴, 저기 봐, 미국의 남북전쟁은 정말 끔찍했구나. 저 사진들 좀 봐. 그건 그렇고……." 마르타 이모는 이렇게 말하고는 술잔을 들고 나를 쳐다본다. 마치 '남북전쟁'이라는 말에서 갑자기 나의 전 남친이 떠올랐다는 듯. "그건 그렇고 남자 친구 다시 사귀니?" 그 말과 함께 온 친척들이 궁금함 내지는 안타까움이 담긴 얼굴을 일제히 내 쪽으로 돌린다.

전에는 내가 그 질문에 뭐라고 답하든 바뀌는 게 없었다. 뭐라 대답하든 결과는 똑같았으니까. 만약 내가 "네"라고 답하면 이런 심문이 이어질 것이다.

- 이름이 뭐야? (큰아버지가 묻는다. 이민자는 아닌지 확인하려고)
- 뭐 하는 사람이야? (그 사람 돈은 벌어? 아니면 지난번 그 놈팽이처럼 네가 먹여 살려야 해?)
- 몇 살이야? (결혼 가능성을 점치기 위해)
- **언제 데려올 거야?** (내가 대답한 사실들을 눈으로 보고 확인하려고)

"남자 친구 없어요"라고 대답한다고 뭐가 더 나아지는 것도 아니다. 그러면 남자 친구가 없는 이유가 무엇인지, 이런 상황에서 내가 무엇을 바꾸어야 하는지에 대한 장황한 분석이 시작되기 때문이다. 일반적으로 나의 외모와 헤어스타일, 자신감, 나이, 음식 솜

씨, 생식 능력이 토론 주제가 된다.

뭐 이 정도는 그냥저냥 참을 만하지 않냐고? 진심이세요? 이 정도면 사람을 저격하는 수준 아닌가요? 이보다 더할 수도 있는 건가요?

물론 그렇다고 꼭지가 돌아서 "마르타 이모, 좀 꺼져요!" 하면서 모임을 폭파시킬 필요는 없다. 마르타 이모에게는 좋은 면도 있으니까. 나머지 가족들과 마찬가지로 말이다(그 나치 삼촌만 빼고).

마르타 이모에게 공연히 핏대를 올렸다가 친척들에게 영원히 '좀 예민한 애'로 찍히지 않으면서도, 이모의 행동을 저지할 방법이 있을까? 있다. 답은 '친절하게'다. 당신은 눈을 흘기게 만드는 이 모든 얘기들을 친절하게 흘려보낼 수 있다. 설령 흘려보내지 못한다 해도, 친절하기만 하다면 아무도 당신에게 화를 내지 못할 것이다.

마르타 이모 : 너 남자 친구 생겼니?

나 : 마르타 이모, 제 연애 얘기는 그만해요. 그나저나 이모, 크레타 여행은 어땠어요? 그 얘기가 너무너무 듣고 싶어요!

그런데도 집요하게 캐묻는 사람이 또 있다? 좋은 선택지가 하나 남아 있다. 쓱 하고 화장실로 사라져 버리는 것이다. 늑장을 부리다 돌아오면 친척들은 이미 다음 주제로 옮겨 가 있을 것이다. 옛날에 할머니가 몸이 이상해서 종양이 생겼나 했는데 알고 보니 임신이었다는 이야기 같은 것. 그 밖에도 가족들이 모이면 늘 도마에 오르곤 하는 해묵은 농담과 모험담이 펼쳐지고 있을 것이다.

얼굴을 붉히거나 거칠게 나갈 필요는 하나도 없다. 어떤 깜찍한 여성의 이야기가 떠오른다. 결혼식에 참석할 때마다 친척들이 하도 "다음 차례는 너야"라고 하는 데 지쳐서, 장례식이 있을 때마다 친척들에게 똑같이 말해 주었단다. 그랬더니 그 후로 친척들이 아무 말도 않더라나?

시어머니는 무서워!

이런 일은 자신의 가족만으로 그치지 않는다. 남친이나 남편과 함께 딸려 오는, 공짜로 얻게 되는 또 다른 가족이 있기 때문이다. 남친이나 남편은 자유롭게 선택할 수 있다 쳐도 그의 가족은 다르다. 운이 좋으면 잘 통하는 사람들을 만나 남친이나 남편과 헤어지고서도 그 사람보다는 그의 가족을 더 그리워하는 일도 있다. 하지만 그런 경우는 그리 많지 않다. 특히 며느리와 시어머니 사이에서는.

나와 L의 어머니와의 관계는 페이스북의 '복잡한 관계'에 해당한다. 나는 그녀가 나를 좋아해 주기를 간절히 바라고, 그녀도 자기가 나를 좋아하게 되길 몹시 바란다. 그런데 변하지 않는 사실이 있다. 내가 그녀에게서 아들을 빼앗았고, 그녀는 그런 나를 결코 용서할 수 없을 것이라는 사실 말이다.

내가 그녀가 꿈꾸던 며느리가 아니란 사실은 첫 만남에서부터 눈치챌 수 있었다. 처음 만난 건 한 레스토랑에서였다. 우리는 메인 요리가 나오기 전에 서로를 탐색하며 친한 사이인 척 대화를 나누었다. 내 미래의 시어머니는 나에게 비위를 맞추기로 작정하고 화장실에다 간과 쓸개를 다 빼놓고 온 것 같았다.

그 후로 많은 것이 변했다. 우리는 서로를 더 잘 알게 되었고, L과 나 사이에 아이가 생겼으며, 시어머니는 나를 만나도 더 이상 간과 쓸개까지는 빼놓지 않게 되었다. 그렇다고 우리 사이에 아주 커다란 애정이 생긴 것도 아니다. 시어머니와 나는 몹시 다르기 때문이다. 그럼에도 나는 시어머니가 우리를 만나러 올 때마다 잘 보이기 위해 최대한 노력하곤 한다. 아직 그녀의 마음에 들 기회가 있을까 하는 작은 희망을 가지고 말이다.

- 바짝 마른 식물들을 다 버린다. 내가 자신의 아들과 손주를 저 식물처럼 말라 죽게 할 거라고 생각하시지 않도록.
- 거실을 정리하고 욕실을 대대적으로 청소한다.
- 침대 커버를 크리스마스에 시어머니가 선물해 준 것으로 바꾼다.
- 요리에 쓰는 신선한 허브 화분 작은 걸 부엌에 하나 올려 두고 요리를 잘하는 척한다.

- 고급 제과점에서 비싼 케이크를 사다 놓는다.
- 지난 파티에서 내가 꿀벌 분장을 하고 술에 취해 잠든 사진을 보드판에서 치우고 가족사진을 붙인다.
- 시어머니가 우리에게 물려주신 화분 매듭걸개를 지하실에서 꺼내온다.
- L이 "왜 이렇게 집이 깨끗해졌어?" "부엌에 웬 화분이야?" "이런 이상한 걸개는 어디서 난 거야?"라는 말로 나의 노력을 망치지 않도록 미리 조치를 취해 둔다.
- 일이 꼬일 때마다 몰래 마실 수 있게 부엌에 샴페인을 준비해 둔다. 분위기가 좋다면 시어머니에게 권할 수 있을지도 모른다.

시어머니가 오면 나는 어떻게든 대화를 이어 가려고 노력한다. 내가 모르는 일, 관심 없는 일일지라도(여성지에서 다루는 가십, 쇼핑, 시어머니의 지인, 그분들의 건강 문제 등).

자, 이제 눈치챘나? 내가 그만둬야 할 것은 바로 시어머니의 마음에 들고자 하는 노력이다.

"어떻게 생각해?"

L에게 물었다. L은 자기 어머니와 나의 만남에 관해 이야기하는 걸 좋아한다. L은 어깨를 으쓱했다.

"구체적으로 어떻게 할 건데?"

이게 어려운 건, 뭘 더 하는 게 아니라 하던 일들을 하지 않아야 하기 때문이다.

✖✖✖

시어머니가 오신다는 연락을 받았을 때 나는 위에 적은 리스트 모두를 건너뛰었다. 샴페인을 준비하는 것만 빼고 말이다. 그건 상황에 따라 필요할 수도 있으니까. 너무 뻣뻣한 태도로 아무것도 치우지 않겠다고 고집을 부린 건 아니고, 꼭 치워야 할 것들(침실에 널브러진 양말 같은 것)은 치웠다.

욕실 청소도 하지 않고, 화분 매듭걸개는 지하실에 그냥 뒀다. 술 취한 사진도 있던 데에 두었고, 케이크도 사지 않았다. 대신에 다른 걸 계획했다. 아무런 '척'도 하지 않기.

시어머니가 도착하자 아이는 늘 그렇듯이 할머니를 독차지하려 들었다. 원래는 잠시 숨을 돌리시라고 얼마간 아이의 주의를 다른 데로 돌리고는 했지만 이번에는 그러지 않았다. 대신에 식기세척기에서 그릇들을 꺼내고(그리고 다시 채우고) 이메일에 답장을 하고 커피를 내렸다. 아이가 집에 있는 책이란 책은 전부 끄집어낼 때까지 둘은 열심히 책에 몰두했다. 나는 마음속으로 잠꾸러기 보보(그 나이대 아이들에게 굉장히 인기 있는 동화 주인공이다)와 하이파이브를 했다. 시어머니는 내 예상보다 상당히 오래 견뎠다. 상체를 아이의 놀이텐트 속으로 들이민 채 엉덩이만 밖으로 쑥 빼고 있는 모습을 보고 있자니 히죽 웃음이 나왔다. 굉장히 귀여워 보였다. 드디어 쉴 수 있게 됐을 때, 시어머니는 약간 지쳐 보이긴 했지만 행복한 표정이었다. 시어머니는 식탁에 앉았고 나는 커피를 한 잔 드렸다. 아주 깨끗하게 청소하지도 않았고, 화분 매듭걸개도 걸지 않았지만 시어머니는 눈치채지 못한 것 같았다. 안타깝게도 곧장 눈에 띈 것은 보드판에 있는 술 취한 꿀벌 사진이었다. 시어머니가 그 사진을 가리키며 물었다. “저건 뭐니?”

“제가 꿀벌로 변장한 다음에 술을 진탕 먹고 쓰러져 있는 모습이에요”라고 말하는 대신에 “아, 축제 때 친구가 꿀벌로 변장해서는 술을 먹고 쓰러져 있길래 찍은 거에요”라고 말하고 싶었다. 그 순간을, 당신은 이해할까? 바로 그런 순간이었다. 더듬이가 얼굴을 반쯤 가리고 있었기 때문에 정말 그렇게 말해도 들키지 않을 것 같았다.

그러나 속으로 ‘아냐, 시어머니의 마음에 들고자 하는 마음을 버려야 해’라고 되뇌이고는 진실을 말했다. 그 말을 듣고 시어머니는 아무 말도 않더니 허리를 구부리고 다시 사진을 자세히 보았다.

“네 얼굴에 있는 이게 뭐냐? 스타킹인가?”

나도 자세히 보아야 했다.

“더듬이예요. 스타킹에 기다란 풍선을 넣어서 만들었어요. 하지만 제대로 붙어 있지를 않더라고요.”

“아.”

시어머니는 이렇게 말하고 커피를 홀짝였다. 그게 전부였다. 눈썹을 위로 치켜뜨시지도 않았다. 하지만 곧 부엌을 둘러보시더니 "여기엔 늘 화분이 있지 않았니?"라며 두리번거렸다.

"네." 내가 고개를 끄덕였다. "그런데 치워 버렸어요."

이번에는 시어머니의 눈썹이 올라갔다.

"자꾸 죽어서요. L이 요리를 할 때 필요한 허브도 아니었고요. 필요한 건 L이 그때그때 사 와요. 신선한 걸로요."

"넌 요리를 자주 안 하니?" 시어머니가 묻자 다시금 거짓말을 하고 싶은, 저항할 수 없는 충동이 밀려왔다.

"잘 안 해요." 나는 그 말을 입 밖으로 내보내며, 짐짓 아무렇지도 않은 척할 때의 어색하고 난감한 침묵을 각오했다. 그런데 예상 밖으로 시어머니는 마구 웃었다. "그래, 나도 싫었어. 난 빵 굽는 건 좋은데, 다른 요리는 정말 끔찍했어!" 그러자 상체를 굽히고 시어머니의 얼굴을 자세히 들여다보고 싶은 마음이 들었다. 성실한 주부이자 엄마였던 그녀의 크라우트브라텐(양배추 고기 구이)은 내가 먹어 본 것들 중 최고였다.

"샴페인 한잔하실래요?"

"좋지!"

그렇게 되었다. 나쁘지 않았다. 우리는 수다를 떨었는데 다른 때처럼 지루하지 않았다. 나는 내가 진솔한 모습을 보일 때만 시어머니가 거기에 맞추어 나를 대할 수 있고, 그래야 비로소 대화라 할 만한 것이 이루어진다는 것을 깨달았다. 그렇게 이루어지지 않는 대화는 전부 연극에 불과한 것이다.

그렇다고 시어머니와 내가 단짝 친구처럼 지내는 건 아니다. 하지만 나는 시어머니가 와도 더 이상 스트레스를 받지 않는다. 아무것도 준비할 필요가 없고, 평소 하던 대로 있어도 되기 때문이다. 연극을 할 필요가 없다. 케이크를 준비할 필요도 없다. "내가 뭘 좀 가져갈게!" 시어머니는 코맹맹이 소리를 내며 그렇게 말씀하시고, 가져온 과일케이크를 아이가 좋아하는 모습을 보면서 기뻐하신다. 나 역시, 그냥 꿀벌로 남는다.

가족들의 이상한 선물 처리법

앞서 시어머니가 주신 화분 매듭걸개 얘기를 했는데, 원칙적으로 선물은 아래와 같이 나눌 수 있다. 우선 이런 선물들이 첫 번째 그룹이다.

- 받는 사람의 취향을 저격하는 선물. 대략적으로라도 취향에 맞는 물건들
- 받는 사람이 전부터 가지고 싶어 했던 선물

두 번째 그룹은 다음과 같다.

- 받는 사람의 취향을 저격했으나 빗나간 선물들
- 실용적인 선물(우선은 눈물을, 그다음은 이혼을 선동하는 것들)
- 상대가 써 주었으면 하고 주는 선물들
- 선물하는 사람 스스로가 갖고 싶은 선물(가령… 전기톱)

물론 집이 어마어마하게 크거나 뭐든 들어갈 수 있을 정도로 지하실이 넓으면 받은 선물들을 다 모아 놓을 수 있겠지? 그렇게 몇 년을 보관하고 아주 운이 좋으면 누가 준 물건인지도 기억하고 있다가, 선물한 사람이 집에 오면 그 물건을 꺼내 올 수도 있을 것이다. 내가 오랫동안 그놈의 화분 매듭걸개를 걸었다 떼었다 했던 것처럼 말이다. 그게 아니면 포기하고 죄다 버릴 수도 있다.

유품은 또 다른 형식의 선물이라 할 수 있겠다. 그 물건들은 우리가 고른 것도, 선물한 사람이 고른 것도 아니다. 따라서 유품으로 받은 48점 구성 찻잔세트나 여우털 목도리가 마음에 들지는 순전히 운에 달렸다. 돌아가신 분과 당신이 찻잔과 패션에서 취향이 같을 확률은… 음… 추측에 맡기겠다.

찻잔이건 목도리건 물려받은 물건들을 보면 상당히 센티멘털해지기 때문에 거부하거나 추려 내서 갖다 버리기도 쉽지 않다. 물론 '감상 따위는 무시하자!'라고 생각할 수도 있겠지만, 그러면 당신 스스로 재수 없는 인간이 된 듯한 기분이 들 텐데, 영 아름답지 못한 방법이다.

더 실용적이고 나은 방법이 하나 있다. "어쩌지? 그런 건 둘 데가 없는데……." 이렇게 말하면서 양 손바닥을 볼에 대고는 고개를 쌀래쌀래 흔들며, 막 눈물이 쏟아지려고 하는 걸 참는 시늉을 하는 것이다! 이 방법은 통한다. 나는 정말 많이 써먹었다. "증조할머니의 유겐트스틸 양식 꽃병? 오, 정말 예쁘네! 이걸 놓을 자리는 있어. 도자기 피규어 모음? 어쩌지? 이건 둘 데가 없는데." 그러고는 양손으로 볼을 감싸고 고개를 흔들며 눈물을 참아 보자. 그러면 어딘가 그 물건들이 갈 데가 발견될 것이다. 물론 그곳이 당신 집은 아닐 테고.

이상한 친척은 좀 OUT!

이 경우는 자신이 재수 없는 인간이 된 듯한 느낌 없이 "상대의 기분 따위 무시해도 돼!"라고 말할 수 있는 몇 안 되는 경우 중 하나다. "그 아저씬 됐어. 오라고 하지 마." 그가 소외감을 느끼든 말든 알 바 아니다.

친척 중에 이상한 아저씨가 한 명쯤은 있을 것이다. 친척들이 모이면 모두들 조마조마한 마음으로 그를 본다. 그가 또 언제 조카

딸에게 집적거리거나 친척 아줌마에게 손찌검을 하려 들지 모르기 때문이다. 하지만 그는 여전히 모임마다 나타나 자리에 앉아서 감자샐러드를 두 접시씩 비운다.

내 친척 아저씨는 나치 신봉자다. 같이 있으면 정말 불쾌하기 짝이 없다. 어쩌다 그가 그렇게 되었는지는 아무도 모른다. 그 앞에서 다른 가족들은 다들 조용해진다. 그런데도 가족 모임에는 어김없이 나타났다. 물론 암묵적인 룰이 있었다. 와서 정치 이야기 따위는 늘어놓지 말 것!

나와 사촌들로 이루어진 젊은 세대가 "그 아저씨를 계속 부르면 우리는 가족 모임에 참석하지 않겠다"고 어른들에게 통보를 하고 나서야 어른들은 비로소 그를 더 이상 모임에 부르지 않았다. 이런 결정은 내 사촌 여동생의 결혼식 직후에 이루어졌다. 나치 아저씨는 결혼식에서 술을 거나하게 마신 나머지, 입을 다물고 있어야 한다는 암묵적인 룰을 잊어버리고 말았다. 사촌의 신랑 집안은 나이지리아 출신이었다. 무슨 일이 벌어졌을지 상상하기는 어렵지 않을 것이다. 우리가 그 아저씨를 그렇게 오랫동안 놓아두었던 이유는 아마 가족 사이에서 특히나 잘 번성하는 끔찍한 감정 때문이었을 것이다. 바로 죄책감이다!

죄책감은 무시해 버리자.

물론 그 아저씨를 제외하고도 이상한 논리와 견해를 가진 친척들은 수없이 많다. 이상한 정당을 지지하는 사람도 있고, 종교를 강요하는 사람도 있고, 온난화 현상을 부정하거나 음모설을 펼치는 사람도 있다. 정말 가지각색의 주제들이 펼쳐진다.

친구들과는 달리 가족과는 이런 주제를 가지고 굳이 논쟁할 필요가 없다. 특히 뭔가를 믿느냐 믿지 않느냐에 대한 얘기라면 더더욱 그렇다. 토론은 쓸데없을 뿐이다. 그러므로 가족이나 친척들과 커피나 술을 마시는 건 좋지만, 이들이 '잘됐다. 모여 앉은 김에 은근슬쩍 종교나 정치 이야기를 꺼내도 무방하겠지'라고 착각하도록 해서는 안 된다. 술이 좀 들어가면 곧잘 그런 불상사가 벌어지니까.

종교에 심취한 친척들(예를 들어 헤르미네 할머니)은 자신의 피붙이들을 복에 이르는 유일하고 진정한 길로 인도하는 것을 일종의 의무로 여긴다. 정말 짜증나지 않나? 할렐루야! 몸을 비틀어 "음……" 소리를 내면서 얼른 대화가 다음 주제로 넘어가기만을 바라고 있지 않으려면 어떻게 해야 할까? 뒤늦게 집으로 돌아가다 분통을 터뜨리고 L과 함께 진탕 헤르미네 할머니 욕을 하지 않으려면?

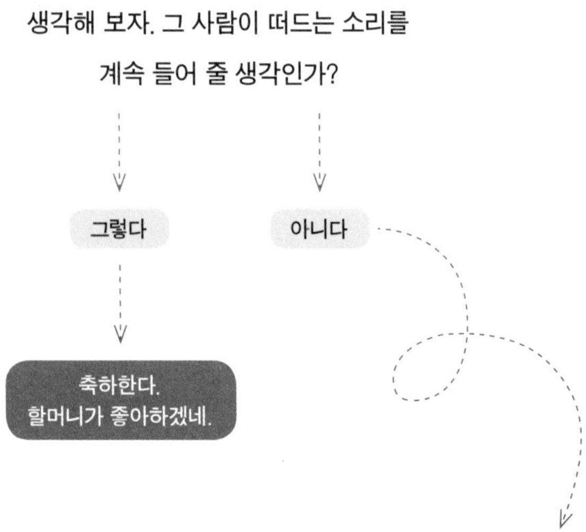

마음의 준비가 됐다면 이렇게 말해 보자. "네, 무슨 말씀이신지 알겠어요. 하지만 저는 생각이 다르고, 지금은 그 이야기를 하고 싶지 않네요. 더구나 이런 맛있는 케이크를 앞에 두고서는 말이에요! 한 조각 더 드실래요?"

헤르미네 할머니와 연을 끊을 필요는 없다. 복습해 보자.

- 속으로는 눈을 흘기게 되는 일이라도, 친절한 태도로 제껴 버릴 수 있다.
- 그리고 친절하면 아무도 당신에게 화를 내지 않는다.

헤르미네 할머니는 당황해서 케이크를 한 조각 더 받고는, 한동

안 케이크를 먹다가 주제를 바꿀지도 모른다. 이 방법은 강아지의 버릇에 대한 잔소리에도 통한다.

"강아지를 왜 소파에 올라오게 하고 그래! 그럼 안 되지."

"네, 무슨 말씀이신지 알아요. 하지만 저는 생각이 다르고, 지금은 그 이야기를 하고 싶지 않네요. 더구나 이런 맛있는 케이크를 앞에 두고서는 말이에요! 한 조각 더 드실래요?"

아이 교육 문제에 대해서도 마찬가지다.

"너희는 애를 너무 버릇없게 키우는구나!"

"네, 무슨 말씀이신지 알아요. 하지만 저는 생각이 다르고, 지금은 그 이야기를 하고 싶지 않네요. 더구나 이런 맛있는 케이크를 앞에 두고서는 말이에요! 한 조각 더 드실래요?"

허튼 소리들을 듣지 않아도 되는 것(그리고 헤르미네 할머니가 효모가 든 빵 반죽처럼 살이 오르는 것) 외에도, 이 방법에는 또 다른 효과가 있다. 당신이 당신의 생각을 말할 수 있다는 것, 그리고 그로 인해 기분이 무척 좋아진다는 것이다.

먹기 싫으면 먹지 말자

내가 고기를 좋아한다고 하면 친척들은 그 말을 "나는 어린아이들을 잘 잡아먹습니다" 정도의 의미로 알아듣는 것 같다. 고기를 좀 삼가던 시절도 있었다. 그런 때가 다시 올지도 모른다. 그러나 아이가 태어난 이후로 내 식생활은 좀 특별해졌는데, 내가 먹는 것들은 대부분 아이가 먹다 남긴 것이다. 우리 집엔 잔반을 줄 돼지도 없는데 나는 음식을 버리는 걸 음식 만드는 것만큼이나 힘들어한다. 그래서 내가 대신 돼지가 되기로 한 것이다. 아이는 주로 소시지빵, 비엔나소시지, 닭다리 같은 것을 좋아하기에 나의 식단도 자연히 육류로 구성된다. 그로 말미암아 나는 식생활에 관한 한 완전히 무개념에 외톨이가 되었다. 내 친구들은 영양이라는 주제를 곧잘 화제 삼아 얘기하기 때문이다.

친구들이 그런 얘기를 하는 동안 나는 하품을 하면서 초콜릿을 입에 넣는다. 분해되지 않은 단백질이니 활성산소니 뭐니 하는 최신 건강 정보, 흰 밀가루가 우리 몸에 어떤 나쁜 짓을 하는지에 관한 이야기 같은 건 그냥 무시한다. 내가 친구들과 의견이 다른 건 아니다. 다만 구석기 다이어트니, 락토프리니 하는 것에 별 생각이 없을 뿐이다. 그냥 관심이 없다. 다른 사람들이 그런 얘기를 하든 말든 나는 별로 신경 쓰지 않는다. L은 저탄수화물 식단에 대해 엄청나게 떠들지만, 나랑은 아니다.

내가 음식에 요구하는 단 하나의 조건이 있다면 바로 맛이다. 이 조건은 사람마다 다를지도 모른다. 생선이나 고기가 식탁에 올라와서는 안 된다든가, 코셔 인증 아니면 할랄 인증을 받은 식품이어야 한다든가, 아니면 꼭 분홍색 음식이어야만 한다든가…….

뭐 어떻든 간에 당신은 존중받을 권리가 있고 나도 그럴 권리가 있다.

내가 하필 가족을 다루는 장에서 이 이야기를 하는 이유는, 어떤 일로 모이든 가족 모임에서는 항상 먹는 것이 문제가 되기 때문이다. 우리는 먹으려고 모인다. 당연한 일이다. 음식을 먹음으로써 생명을 유지하는 일 말고 가족들을 묶어 줄 만한 일은 거의 없다. 그래서 가리는 음식이 있으면 굉장한 거부감에 부딪친다. 그런 사람이 있으면 화목한 집안의 토대를 이루게 해 주는 바비큐 파티가 위험해진다고 보는 모양이다.

게다가 가족 모임에는 나이 든 사람들이 다수다. 그렇기에 새로운 것은 곧잘 거부당한다. 그분들은 "왜 이걸 안 먹겠다는 거야? 우리는 평생 이걸 먹고 살았어. 몸에 전혀 해롭지 않아"라고 말하곤 하고, 채식주의자들에 대해서 "걔네들은 신발도 가죽으로 만든 건 안 신고 고무장화만 신더라"라며 비웃는다.

내 경우는 심지어 또 다른 문제가 있다. 나는 뭐든 잘 먹는 편이지만, 그것도 음식이 맛이 있을 때의 얘기이기 때문이다. 나는 요리사나 제과점 주인을 기쁘게 하자고 먹고 싶지도 않은 것을 입으로 들여보내면서 웃음을 짓는 일은 그만두었다. 식구들이 이런 나를 까다롭다고 생각할까? 공주인 줄 안다고? 모났다고?

그러든지 말든지! 아무튼 나는 이제 식초를 넣은 돼지 허파 요리나 잉어 요리 같은 걸 억지로 먹는 일은 관뒀다.

가족 전통이 그리 중요해?

가족이라는 테마는 정말이지 지뢰밭이다. 전통은 특히. 그중 제일가는 것이 바로 크리스마스다. 무엇을 먹을지, 선물은 뭘로 할지, 어떤 음악을 틀지(교회 음악을 틀지 아니면 그냥 대중음악을 틀지)를 큰 틀로 하여 누가, 언제, 어떻게 크리스마스트리를 꾸밀지, 무슨 노래를 부를지 등등 별것도 아닌 일들이 문제가 된다. 이런 사정들 덕분에 크리스마스가 되기도 전에 나는 언제 터질지 모르는 폭탄이 되어 버린다. 산타 할아버지가 언제 어떤 모습으로 나타날 것인가, 쿠키는 누가 구울 것인가, 어떻게 구울 것인가…….

때로 디테일은 전체만큼 중요하다. 가령 우리 집에서는 버터쿠키에 식용색소로 아이싱을 해 마무리하는 것이 전통이었다. 우리는 하늘색, 분홍색, 노란색, 초록색을 입힌 쿠키를 만들었고, 지금도 쿠키를 다르게 만드는 건 생각조차 할 수 없다. 크리스마스 쿠키 하면 그런 쿠키밖에 떠오르지 않으니까. 그리고 모두들 그렇게 타협의 여지 없이 무조건 지켜야만 하는 리스트를 갖고 있을 것이다. 나의 리스트는 다음과 같다.

- 알록달록한 쿠키 굽기
- 마할리아 잭슨° CD 틀어 두기

° '가스펠의 여왕'으로 알려진 미국의 가수. (옮긴이)

• 예쁘게 옷 입기
• 크리스마스트리를 빨간색 공과 짚으로 만든 별로 장식하기

사실 지지난번 크리스마스까지는 이 리스트에 한 가지가 더 있었다.

• 퐁듀 먹기

정확히 말하면 고기퐁듀다. 우리 집은 크리스마스에 언제나 퐁듀를 먹었다. 심지어 내가 고기를 잘 먹지 않던 시기에도 크리스마스 때만은 예외였다. 그때만큼은 완전 육식동물이었다.

그러고 나서 아이가 태어났다. 아이가 태어난 뒤 맞는 첫 크리스마스는 별로 복잡하지 않았다. 우리는 굉장히 흥분했지만 정작 아이는 거의 잠만 자며 하루를 보냈기 때문이다. 하지만 스트레스를 받는 순간들은 있었다. 알코올을 채워 퐁듀 냄비 아래에 놓는 그 바보 같은 램프 때문이었다. 불붙이기는 주로 아래의 두 가지 이유에서 불가능했다.

1. 램프가 어디 있는지 모르겠어서
2. 알코올이 어디 있는지 모르겠어서

도구를 챙길 사람이 누군지(L이다)를 놓고 크게 싸우지 않은 것은 다 그날이 거룩한 날이어서다.

다음 해부터 아이는 깨어 있는 채로 열심히 준비를 도왔다. 그 결과 쿠키를 굽는 동안 아이의 머리칼과 강아지의 털이 하늘색, 분홍색, 노란색, 초록색이 되었다. 크리스마스트리도 평소와 달랐다. 아이가 자기 눈에 크리스마스 장식으로 보이는 모든 것을 아래쪽 가지에 걸어 놓은 것이다. 양말, 동물 인형, 알루미늄 호일, 그리고 소시지 조각들. 모두가 기쁘고 만족스러웠다(특히 강아지가 그랬을 것이다). 그리고 크리스마스이브가 되었다.

L은 그날 정오부터 부엌에 박혀 퐁듀 소스를 준비했다. 끝내줬다. L이 만드는 소스는 늘 환상적이다. L은 그 환상적인 소스를 대여섯 가지씩 준비한다. 아무튼 우리는 오후 내내 정신없이 바빴다. 아이나 나나 예쁘게 차려입지도 못했고, 선물 포장도 못 했단 소리다. 마할리아 잭슨 CD는 틀었으나 전혀 느낌이 나지 않았다. 몇 분 걸러 한 번씩 이렇게 소리쳐야 했으니 말이다. "강아지 핥지 마!" "강아지를 그렇게 핥으면 안 된다니까?" "아휴, 또 그런다. 엄마가 말했지, 그러지 말라고."

그 망할 소스들이 완성되었을 때 우리는 퐁듀를 가운데 두고 둘러앉았다. L은 아직 앞치마를 두르고 있었고, 나는 추리닝 바지를 입은 채였으며, 아기는 퐁듀 먹을 때 쓸 포크를 실내화 속에 끼워 놓은 채였다. 우리는 아이가 뜨거운 기름에 화상을 입을까 봐

퐁듀 냄비를 아기로부터 가능하면 멀찌감치 밀쳐놓았다. 할 수 없이 우리는 몸을 반쯤 일으킨 엉거주춤한 자세로 고기를 끓는 기름에 담가야 했고, 아이는 어디에라도 찔린 것처럼 아주 심하게 울음을 터뜨렸다. 아이도 우리처럼 꼬치를 기름에 담그고 싶어 했기 때문이다. 그런데 그 와중에 냄비 아래에 불이 꺼졌다. 우리는 눈을 동그랗게 뜨고 서로를 마주 보았다. "아, 또야!"

할 수 있는 모든 걸 다 했다. L이 뜨거운 기름이 든 냄비를 들어 올렸고, 나는 고체연료에 불을 붙이려 해 보았다. 그 와중에 아이는 강아지에게 계란 소스를 먹였다. 소용없었다. 도무지 불이 붙질 않았다.

L은 이번엔 만반의 준비를 갖추었으므로("흐흐흐, 만일을 위해 알코올 연료도 하나 더 사 두었지!") 의기양양하게 램프에 알코올을 채웠다(그는 심지어 대체 용기까지 샀다). 그런데도 알코올에 불이 붙지 않았다! 붙는 척도 하지 않았다. 이 알코올은 불 끄는 데나 써야 되는 건가! 결국 우리는 티라이트 캔들을 몇 개 켜서 기름을 미적지근하게 데운 다음, 갈리시아산 소고기를 허여스름한 색깔로 간신히 익혀 소스에 담갔다 먹었다(계란 소스는 빼고. 계란 소스는 이미 강아지 뱃속에 있었거든).

그런데 그 상태도 얼마 가지 못했다. 불을 붙이려고 씨름을 하느라 시간이 너무 많이 걸린지라 아이는 더 이상 자리에 앉아 있으려 하지 않았고, 나는 딸랑이를 흔들며 다시 음악을 켜야 했던 것이다. 다시 말해, 하나도 크리스마스적이지 않았다. 정말로 이건 아니었다.

"퐁듀는 이제 안 해애애!!"

그 이래로 그렇게 되었다. 하지만 고기퐁듀를 진짜 안 먹을 수는 없는 일. 이번 크리스마스에는 연휴 첫날에 퐁듀를 먹었다. 아주 편안한 자세로, 추리닝 바지를 입고 소스 개수는 하나 줄여서. 아이는 그동안에 자기가 원하는 대로 놀든가 아니면 함께 식탁에 앉아 있든가 했다. 아무도 적절한 음악이나 타이밍 같은 것에 신경을 쓰지 않았다. 선물이 제자리에 놓여 있는지도 관심 밖이었다. 그리고 크리스마스이브에는 평소처럼 감자샐러드에 소시지를 먹었다. 이제 이것이 우리 가족의 새로운 전통으로 자리 잡을 것 같다. 누군가가 다시 바꿀 때까지 쭈우욱 말이다.

부모를 실망시키는 평범한 일

우리는 미미 고모의 47번째 결혼기념일 행사에 가지 않았고, 부모님의 지인들을 결혼 파티에 초대하지도 않았다. 두 번째 손주로 예쁜 공주님을 안겨 드릴 생각도 없다. L은 아버지의 사업을 물려받을 생각이 없고. 무엇보다 전 가족을 이끌고 2주간 크루즈 여행을 할 마음은 추호도 없다. 나는 엄마가 말하는 '진지한 분야(학문)'에서 활동할 생각도 없고 낭독회를 열지도 않을 것이며, 검정 뿔테 안경을 쓰고 박사학위를 따려고 하지도 않을 것이다.

나는 이런 식으로 가족들을 연달아 실망시켰다. 특히 엄마를 말이다. 이런 내 모습을 보면 엄마는 약간 못마땅한 듯 눈을 비스듬히 내리깔고는 콧노래를 흥얼거린다.

부모님이 우리에게 많은 기대를 하는 것은 우리가 아기였을 때부터 쭉 우리를 과대평가해 왔기 때문이다. 나 역시 마찬가지인데, 겨우 두 돌이 지난 아이를 보고 이 애가 천재는 아닌지 의심한다. 아직 기저귀도 떼지 못한 데다, 할아버지가 엄지손가락을 검지와 중지 사이에 끼워서 자기 코를 훔친 척하면 진짜인 줄 아는데도 말이다. 그래도 나는 변함없이 아이의 행동을 보고 지능이 높다는 결론을 내린다. 또 아기는 엄청나게 예뻐 보인다. 아이가 크기 전까지 이런 일은 계속될 것이다. 그리고 곧 사춘기가 오겠지?

사춘기 때부터 우리는 본격적으로 가족을 실망시키는 일들을 벌이기 시작한다. 옷부터 시작해서(몇 년생인지에 따라 찢어진 청바지, 엄청나게 짧은 스커트, 배기바지 등으로 다를 수 있다) 헤어스타일을 거쳐(긴 머리, 엉클어진 머리, 또는 염색, 혹은 삭발) 금지된 기호식품(술, 담배, 마약)에 이르렀다가 보통은 학교에서 대형사고를 치는 것으로 끝이 난다(낙제하거나, 퇴학당하거나). 그러다 보니 부모님은 실망하는 일에 완전히 단련되어서 웬만한 일에는 끄떡도 안 하게 된다(라고 생각하면 큰 오산이다)!

부모님의 실망은 이제 크게 두 가지 분야로 집약된다.

1. 직업
2. 이성 친구 및 배우자 선택

부모님이 보시기에, 특히 엄마들이 보기에 우리는 이 두 분야에서 늘 우리가 가진 가능성보다 못한 선택을 한다. 엄마들 눈에는 우리가 미처 발견되지 않은 천재이자 엄청나게 멋진 사람들이다! 배우자에 관해서는 좀 다르다. 영리하게도 처음엔 뒷짐을 지고 있다가 나중에야 슬그머니 이렇게 불을 지른다.

"처음부터 너한테 안 어울리는 거 알고 있었어!"

직업에 관해서는 대개 뒷짐만 지고 있지 않는다. 내 부모님은 무슨 연유에서인지 나한텐 법학이 맞는다고 확신했다. 나도 뭐가 맞는지 잘 모르겠는 데다 부모님이 재정적인 지원을 약속하셨기에 법학을 공부해 보기로 했다. 하지만 첫 오리엔테이션에서 곧장 법학과 나는 안 맞는다는 걸 깨달았다. 법원 인턴십 과정에 대한 설명과 강의 요강을 한 시간 반 동안 들은 후 '그래, 몇몇 단어는 알아먹겠어. 하지만 도무지 끌리지가 않아'라고 혼잣말을 했다. 한마디로 재앙이었다. 게다가 대안이 전혀 없었다. 하는 수 없이 나는 몇 달을 흘려보냈고, 부모님께 이렇게 말할 기회를 엿보았다.

"아무튼 때려치울래요. 엄마 아빠가 이제까지 잘 뒷받침해 주신 건 고마워요. 근데 저는 일단 바에서 아르바이트를 좀 하면서 어떡하는 게 좋을지 생각해 봐야겠어요. 쪽!(손 키스 날리는 소리)"

부모님이 실망하셨을까? 당연하지! 하지만 부모님을 실망시키는 것은 평범한 일이다. 그러지 않으려면 로봇이나 클론이 되어야 할 것이다!

나는 마음이 아주 가벼웠다. 하고 싶었던 이야기를 했기 때문이기도 했지만, 내가 원하는 것을 할 때에 나는 자유롭고 행복한 기분이 들기 때문이다.

"법학? 제껴. 부모님의 기대? 제껴."

부모님이 판사나 우주비행사나, 국무총리나, 최소한 백만장자가 아니라는 사실을 생각해 보면 당신에게 도움이 될 것이다(아, 물론 당신의 부모님이 정말 판사나 우주비행사나 국무총리나 최소한 백만장자가 아닌 경우에).

네 번째 똥차

멍청한 사장과
바보 같은 직장 동료

똥차 리스트 ❹ 직장에서

- 브레인스토밍은 개뿔
- 직장 동료 생일이 뭐 그리 중요하다고
- 눈치 보지 말자
- 자기 일은 스스로 좀 하라고!
- 회식 같은 건 누가 만든 걸까?
- 희생에 뒤따르는 보상 따위는 없다
- 죄책감을 갖지 말자!
- 일을 잘 시키는 것도 능력

마르타 고모와 속수무책 친척 아저씨, 나아가 부모님의 기대까지 내 뜻대로 주무를 수 있게 됐는데 직장 동료나 상사쯤이야 가뿐할 거라고? 착각이다. 직장은 멀찌감치 피하고 싶은 사람들과 상황들로 가득하다.

브레인스토밍은 개뿔

이미 언급한 적 있는 이 광고회사에서 이별할 첫 번째 후보는 바로 브레인스토밍이다. 말 그대로 뇌에 폭풍을 일으키는 이 시간은 함께 머리를 맞대고 창조적인 생각을 함으로써, 제기된 사안에 대한 아이디어를 떠올리는 데에 쓰인다(인공항문의 광고 콘셉트를 떠올린다거나 하는 식으로). 하지만 브레인스토밍 시간은 사실 뇌폭풍 시간이 아니라 뇌방귀 시간이다. 바람은 바람이다. 종류가 다를 뿐이지.

브레인스토밍 시간에는 창조성을 불러일으키는 데 도움이 된다는 다양한 방법을 써 보기도 하는데, 그중 하나가 '여섯 모자 테크닉'이다. 에드워드 드 보노라는 의사가 개발한 방법으로(아마 그때

만취 상태가 아니었을까?), 참가자들은 각 색깔의 모자가 대표하는 특정한 시각을 취한다. 가령 하얀 모자는 사실을 분석하는 행위를 상징하고, 빨간 모자는 감정과 직관을 상징한다. 노란 모자는 낙천주의를 상징하고, 검은 모자는 반대를 상징한다. 초록 모자는 창조적 두뇌 역할을 하고, 파란 모자를 쓴 사람은 사회를 본다. 브레인스토밍이 진행되면 참가자들은 모자를 바꿔 쓰면서 역할을 두루 맡아 본다. 이를 통해 다양한 입장에 서 봄으로써 열린 자세로 내적 저항을 극복하는 것이다.

상상이 되나? 남녀 여섯이 커다란 회의 테이블에 둘러앉아 있다. 양복 차림에 구레나룻을 기른 남자들과 말끔히 손톱을 손질한 여자들이 머리에 알록달록한 모자를 쓰고 앉아 인공항문을 광고할 기발한 아이디어를 내려고 머리를 굴린다.

멀찌감치 위에서 내려다보면 저게 대체 뭔 꼬라지인가 싶은 풍경일 것이다.

"인공항문, 당신의 인생을 바꿉니다!"

이미 뇌방귀 냄새가 사방이 유리로 된 회의실에 가득하고, 나는 정말이지 그만하고 싶다. 이제는 됐어, 충분해.

"브레인스토밍 벌써 끝났어?"

내가 사무실에 돌아와 의자에 털썩 앉자 드뢰젤이 물었다.

"아니."

나는 고개를 저었다. 그러자 그 멍청한 모자가 머리에서 떨어졌다. 드뢰젤은 놀라서 내 얼굴을 쳐다보았다.

"혹시 도망쳐 나왔어?"

내 얼굴에 쓰인 그대로다.

때로 사람은 내친 김에 질러 버리고 그것이 현명한 결정이었는지는 나중에 생각한다. 모자까지 쓰고 인공항문 브레인스토밍 회의에서 나와 버린 것도 그런 경우였다. 광고 상품이 문제가 아니라 그 회의 자체가 문제다. 모자를 쓰고 회의를 하건 모자 없이 하건, 문제는 내가 지금까지 엉덩이를 붙이고 앉아 있었던 브레인스토밍 회의 중 내 존재가 도움이 된 회의는 없었다는 것이다. 나는 사람들에 둘러싸여 있으면 쉽게 산만해지기 때문이다.

나는 브레인스토밍 테이블에 앉아 '라리사가 또 붙임머리 시술을 받은 걸까 아닐까(받았다), 데틀레프의 티셔츠에 뭐라고 써 있는 걸까(werbefuzzi, 괴짜 광고쟁이), 안드레아스의 와이셔츠 위에 저게 뭐야? 땀 얼룩 아니야?' 등등의 생각을 한다. 이런 별것 아닌 것들이 나의 주의력을 모조리 앗아 가는 것이다. 화상회의를 할 때도 나는 화면 속에 뭐가 있는지 살펴보느라 바쁘다. 저 사람 저거 계속 저러는 게 틱 증상은 아닌지, 윗입술에 있는 검은 사마귀가 말할 때마다 움직이지는 않는지, 저 사람은 말끝마다 왜 오케이라고 하는지, 그런 생각뿐이다. 그런 데에 정신이 팔린 나머지 나의 주의력은 바닥을 드러내고 만다. 회의가 끝나고 나서 그 회의의 안건이라도 기억하면 다행이다. 회의를 하는 동안 끄적인 메모는 기하학적인 패턴과 누워 있는 고양이로 이루어져 있다. 이젠 숙달되어 꽤나 잘 그린다(아이는 내 메모를 보고 내 일을 상당히 독특한 것으로 상상할지도 모르겠다).

한마디로 회의는 내게 맞지 않는다. 나는 그냥 혼자 컴퓨터 앞에 앉아 생각하고 고민하도록 생겨 먹었다. 문 닫고 혼자 방 안에 틀어박혀서 말이다. 내 신경을 거스르지 않는 건 드뢰젤뿐이다. 오랫동안 사무실을 같이 썼기에 나는 그녀의 모든 취향과 성격, 스타일을 알고 있다. 그녀는 내 사무실의 일부가 되었다. 내게 드뢰젤은 창가에 세워 둔 선인장 같은 존재다. 내게 그녀는 사무실에 있는 식물처럼 아주 편안하다.

그녀는 브레인스토밍 회의에서 도망친 내가 속으로 두려워하는 일을 대놓고 입 밖으로 꺼내는 사람이기도 하다.

“데틀레프가 화나지 않았을까?”

데틀레프, 괴짜 광고쟁이, 우리의 사장…….

✖✖✖

“데틀레프.”

나는 빼꼼 열린 그의 사무실 문 앞에서 조심스럽게 사무실 안을 탐색했다. 데틀레프는 책상 앞에 앉아, 엄청 큰 모니터를 들여다보고 있었다.

"오늘 회의에서 말인데요……."

나는 말문을 열며 속으로 그 이상한 모자들을 떠올렸고, '못 참겠다'는 말을 점잖게 하려면 무슨 단어를 써야 할지 마구 머리를 굴렸다.

"네, 회의에서요?"

데틀레프가 물으며 나를 보았다. 목소리가 그렇게 차갑지는 않았다.

"네, 회의 말인데요. 그러니까 전… 회의에 참석하지 않는 게 나을 것 같아요. 전 혼자서 일하는 편이 훨씬 효율적이고, 그래야 결과도……."

"오케이! 그렇게 해요."

데틀레프가 그렇게 말하고 다시 모니터를 쳐다보았다.

"바이에른이 3대 0으로 대패하다니, 말이 돼?"

✖✖✖

"그게 다야?"

드뢰젤이 흥분을 가라앉히지 못하고 물었다. 우리는 사무실 의자에 마주 앉아 서로를 뚫어져라 쳐다보았다.

"그래! 그러더니 중요한 건 결과지 과정이 아니라고 그러더라."

꽤 논리적인 말이다. 데틀레프가 논리적인 말을 했다는 게 이

마당에 왜 그리 놀라운지. 아무튼 데틀레프에게는 결과가 중요하고, 내가 회의에 참석은 하지만 과일 접시만큼만 생산성을 낸다면 아무에게도 도움이 되지 않는다.

왜 진즉 그렇게 말하지 못했을까? 그랬더라면 어마어마한 시간을 회의로 낭비하지 않았을 것이고, 그 유치한 모자를 수없이 뒤집어쓸 일도 없었을 텐데!

전에는 그 말을 하는 게 어쩐지 두려웠다. 한번 진지하게 생각해 보자. 그 말을 훨씬 전에 했다면 어떤 일이 벌어졌을까? 최악의 경우, 데틀레프는 이렇게 말했을 것이다. "네가 회의를 좋아하든 말든 알 바 아냐. 그냥 참석해." 그게 뭐 그리 두려웠을까?

그날 저녁 L에게 그 얘기를 하자 L은 눈을 동그랗게 뜨더니 "바이에른이 3대 0으로 졌어?"라면서 나를 쳐다보았다.

때로는 L의 목을 비틀고 싶다.

이 일은 흥분해서 충동적으로 저지른, 의식적으로 결정하지 않은 일이었지만 기분은 상당히 좋아졌다. 나는 "We are the champions, my friends" 하고 노래를 부르며 사무실로 뛰어들 기세였다. 원한다면 무엇이든 할 수 있을 것만 같았고 평소보다 키가 10센티미터는 더 커진 듯한 기분이었다. 그 무엇도 나와 나의 새로운 길을 막지 못하리라. 다음 차례는 메흐틸드다.

다른 사무실에도 메흐틸드가 한 명씩은 있을 것이다. 우리의 메흐틸드는 작고 야무지다. 학창 시절에는 맨 앞줄에 앉아서 똘망똘망한 표정으로 선생님과 눈을 마주치고 있었을 것이다. 메흐틸드는 비호감도 아니고, 사람이 나쁜 것도 아니다. 하지만 우리 사이에는 통하는 게 아무것도 없다. 학창 시절, 나는 맨 뒷줄에 앉던 아이였다.

메흐틸드는 예전에 칠판 당번을 하는 데 바쳤을 그 열의를 지금은 사무실에서 전 직원의 생일을 엑셀표에 입력하고 이를 업데이트하는 데 바친다. 그러다 누군가의 생일 일주일 전이 되면 행동을 개시한다.

우선은 이때를 위해 마련한 돼지 저금통을 들고 사무실을 돌아다니며 전 직원에게 수금을 한다. 누군가가 화장실로 숨으면 거기까지 찾아간다. 그러고는 며칠 있다가 다시 사무실을 도는데, 이번에는 커다란 축하 카드를 들고 나타난다. 사람들은 거기에 뭔가 '우스운' 멘트를 적어야 한다. 이미 카드에 우스운 문장이 쓰여 있음에도 말이다. 가령 이런 것들.

- 아직도 마흔이 아니란 말야……?
- 서른둘이라고 우길지언정 얼굴만 보면 마흔둘.

이런 싱거운 소리들이다. 메흐틸드는 이 카드를 생일날에 맞춰 생일을 맞은 사람의 책상에 올려 두고, 그 옆에 선물을 둔다. 그런데 선물은 또 어떻게 고르고 골라서 그렇게 끔찍한 물건들만 고르는 것인지 혀를 내두를 정도다. 대체 어디서 그런 물건을 사는 거지? 입으로 불어서 만드는 케이크 모양의 튜브, 앞코에 유니콘 뿔이 툭 튀어나와 있는 벨벳 실내화, 투명 테이프를 끼우는 권총 모양의 홀더……. 아무튼 희한한 물건들이다.

메흐틸드가 생일 때만 활동하는 것은 아니다. 카린의 아이들이 입학을 앞두고 있을 때도 한 바퀴 돌았고, 경비 아저씨가 퇴직한다고 했을 때도 한 바퀴 돌았다. 피아가 다른 광고회사로 이직할 때에도 돌았고, 안스가르가 스키를 타러 갔다가 점프대에서 고꾸라지는 바람에 병원에 입원했을 때(이런 멍청이 같으니라고)에도 돌았다. 입사하고, 퇴사하고, 입원하고, 크리스마스가 오고……. 그와 함께 사무실에는 이상한 잡동사니들의 행렬이 이어진다. 얼마 전에는 악몽까지 꿨다. 내가 사고를 당해 죽었는데 끔찍했던 건 그 사고가 아니었다. 내 장례식에 직원들이 왔는데, 메흐틸드가 정말 이상하게 생긴 화환을 주문한 것이다.

내가 동료들의 생일을 챙기는 데에 거부감을 가지고 있다고 생각하면 오해다. 사랑하는 드뢰젤의 생일인 3월 5일에 나는 손수 케이크를 구워서 사무실로 가져갔다. 초콜릿을 입힌 견과류 케이크로, 드뢰젤이 아주 좋아하는 것이었다. 이 두 경우에 차이가 있다면, 이런 경우(드뢰젤의 생일에 내가 견과류 케이크를 주는 것)는 양쪽(드뢰젤과 나)이 다 행복하다는 것, 그리고 다른 경우(동료의 생일에 유니콘 실내화를 선물로 주는 것)는 메흐틸드 외에는 아무도 행복하지 않다는 것이다.

이 모든 사실과 유니콘 실내화에 대한 공포로 말미암아 나는 결심했다. 이제 사무실에서 이런저런 선물을 위해 돈을 내는 짓은 그만두기로. 즐겁지가 않다. 그만하고 싶다. 그냥 내려놓으련다. 지금껏 그러지 못한 것은 바로 메흐틸드 때문이었다. 내가 명단에서 빠지겠다고 말하면 메흐틸드가 나를 어떻게 생각할까 해서. 그리고 내 이름이 그 아무런 개성도 없는 축하 카드에서 빠지면 다른 동료들이 어떻게 생각할까 해서. 이리저리 생각해 봤지만 여전히 같은 결론이 나왔다. 그냥 그만두어야겠다는 결론이. 경리부 산드라가 카드에 내 이름이 없다는 걸 알아채도 괜찮다.

모든 일은 메흐틸드가 내 앞에 서서 입을 오물대는 그 2분 동안에 일어났다.

"동료가 어쩌구저쩌구… 면허시험이 어쩌구저쩌구… 뭔가! 우스운 어쩌구저쩌구……."

그러고는 돼지 저금통을 내 가슴 앞으로 내밀었다.

내가 놀란 것은 내가 원하는 바, 그리고 확신하는 바를 말할 뿐인데도 그 말을 입 밖으로 내자 왠지 불쾌한 기분이 든다는 것이었다.

"메흐틸드, 나는 안 낼래. 왜냐면… 음……."

말이 막 궁색해지려는 참에, 내가 이런 상황을 위해 준비해 놓은 말이 떠올랐다.

"이건 내 원칙이야."

그렇게 말해 놓고는 속으로 원칙이라는 말을 곱씹으면서 메흐틸드를 보고 미소를 지었다.

효과는 있었다. 메흐틸드는 약간 어리둥절해하다가 알아들었다.

"오… 아, 그래. 그렇다면… 음… 그럼……."

그러고는 가 버렸다. 마치 내가 돼지 저금통과 축하 카드는 내 종교적 신념에 위배되는 물건이라고 말한 듯한 분위기였다.

"메흐틸드는 네가 약간 돌았다고 생각할 거야."

이 이야기를 해 주자 드리젤이 말했다. 아무렴 어떤가. 이제 그 짓을 그만둘 수 있는데.

나는 사무실의 탕비실에서 돼지 저금통을 들고 순회 중인 메흐틸드와 다시 마주쳤다. 디자인 부서의 동료 두 사람도 나와 같이 커피머신 앞에 서 있었는데, 메흐틸드가 그들에게만 돈을 걷고 내게는 그냥 인사만 하고 지나가자, 그들은 약간 의아한 시선으로 나를 보았다. 그들의 시선에서는 불쾌함이나 짜증스런 감정이 느껴지지 않았다. 놀란 것도 아닌 것 같았다. 그들은 그저 부러워하고 있었다!

회의도 유니콘 실내화도 내 인생에서 사라졌으니, 이 일을 결산

해 보자면 이렇다. 이별할 수 있는 모든 똥차들과 쿨하게 이별해 버리면 마치 왕이 된 듯한 기분이 된다는 게 이 일의 멋진 점이다. 그 뒤에 사무실의 누가 운전면허를 따고, 무슨 기념일이 되고, 인턴이 나가거나 들어오고, 퇴직 선물을 준비하고, 그럴 때마다 약간 죄책감이 들었으나, 그것도 올레, 모르겠다. 그냥 무시해 버릴 수 있게 되었다. 죄책감 같은 건 느껴 봐야 아무에게도 도움이 되지 않으니까. We are the Champions, my friends…….

눈치 보지 말자

인공항문 광고를 맡긴 클라이언트는 똥차들과 이별하는 법과 관련해 내게 아주 커다란 교훈을 주었다. 그는 늘 그렇듯 일을 의뢰하고 일주일쯤 뒤에 회사에 들렀다. 인공항문에 대해 우리가 무슨 기발한 콘셉트를 생각해 냈는지 보기 위해서였다. 이런 일로 온 고객은 일단 커피와 초콜릿, 과일이 가득한 세련된 회의실로 안내해 기분이 좋아지도록 해야 한다. 사내에서는 인공항문 관련 콘셉트가 대략 두 가지로 좁혀져 있었는데, 그중 하나는 내가 제안한 것이라(유감스럽게도) 직접 소개를 해야 했다.

평소에는 조용하다가도 사람들 앞에 서기만 하면 돌변하는 사람들이 있다. 그치만 더 말해 뭐해. 나는 그런 타입이 아니다. 정신을 바짝 차리지 않으면 우물쭈물하며 말을 더듬거나 손 안의 종이만 쳐다보기 십상이고, 재채기 소리라도 들리면 곧장 이야기의 실마리를 잃고 당황한다.

시작하기도 전에 이미 손이 땀으로 흥건해 있었다. 아직 첫 콘셉트 소개가 진행 중이라 나는 고객의 얼굴을 옆에서 쳐다보았다. 친절해 보이는 사람이었다. 마음씨 좋은 미소를 짓고 간혹 고개를 끄덕이기도 했다. 콘셉트가 마음에 드는 눈치였다. 분위기가 좋았고, 모든 것이 무난했다.

이제 내 차례가 되었다. 커다란 보드 앞에 서서(보드는 빈티지한 모양새라 꽤 '힙'해 보인다) 콘셉트를 소개하는데, 갑자기 고객이 얼굴을 찡그리는 것이 보였다. 눈썹이 소나기구름처럼 올라가더니, 입가가 확연히 아래로 처졌다. 가슴 앞으로 팔짱까지 꼈다.

그의 보디랭귀지가 부정적인 감정을 드러낸다는 것은 훈련받은 FBI 요원이 아니라도 알 수 있었다. 나는 내 콘셉트가 좋다고 생각하는데, 고객은 이렇게 비언어적인 커뮤니케이션을 하고 있었다.

뭐야, 들은 것 중에 최악이잖아!

나는 부리나케 프레젠테이션을 마치고 노트북과 서류를 챙겼다. 굳이 괴로운 시간을 연장시킬 필요는 없으니까. 그런데 모두가 일어서서 기지개를 켜는 찰나, 고객이 갑자기 박수를 쳤다.

"좋습니다! 감사합니다!"

고객의 말에 나는 속으로 생각했다. "그런데 이 검은 머리 여자는 왜 나온 겁니까?"라고 따지겠지. 하지만 그는 이렇게 말했다.

"너무 감사합니다. 두 번째 콘셉트로 가면 좋을 것 같습니다."

그러고는 데틀레프와 나를 식사에 초대했다. 에에? 잠깐! 무슨 일이 일어난 거지? 무슨 일이긴. 방금 두 번째 콘셉트가 좋다잖아.

그라파(이탈리아의 브랜디)와 티라미수를 앞에 두고 내가 알게 된 사실은, 내가 프레젠테이션을 하는 동안 고객의 발톱이 자꾸만 살을 찔렀다는 것이다. 그래서 신경질이 나고 아팠단다. 시작할 때쯤엔 괜찮았는데 한번 아프기 시작하니 꽉 끼는 구두 속에서 견딜 수 없을 정도로 통증이 심해졌다고 했다. 그는 "뭐야, 최악이잖아!"라고 한 게 아니라 "아우, 제길, 미치겠네 이놈의 발톱!"이라고 했던 것이다!

이 일이 있은 뒤로 나는 상대방의 행동이 나를 불안하게 만들 때마다 이 고객을 생각한다. 데틀레프나 버스 운전사나 제과점 주인이 내 앞에서 짜증스런 표정으로 뭐라고 구시렁대도, 나와는 아무 상관이 없는 것이다. 그것은 그가 그날 운수가 나쁘거나, 발톱이 자꾸 살을 찌르거나, 바이에른이 3대 0으로 패했기 때문일 것이다. 어떤 사람이 입을 일그러뜨리든 말든 더 이상 도둑이 제 발 저리는 식으로 해석하지 말지어다. 일그러진 입은 아웃!

자기 일은 스스로 좀 하라고!

이거 정말 보통 일이 아니다. 그렇지 않나? 근무시간을 바꾸어 달라거나, 휴가 날짜를 바꾸고 싶다든가, 컴퓨터 좀 봐 달라거나 하는 부탁 말이다. 그럴 때마다 속으로는 "싫어. 차라리 내 팔을 잘라라, 잘라" 하면서도 겉으로는 "그래. 그럴게"라며 부탁을 들어주는 호구들이 있다.

바로 내가 그런 호구 중 하나다. 나는 여태껏 동료들에게 수많은 호의를 베풀었다. 이렇게 업을 쌓아도 언제 어떤 보상이 주어질지 알지도 못하면서. 왜 그랬을까? 알 게 뭐야. 우리는 누군가의 부탁을 거절하면 상대방이 서운하게 생각하고 나를 싫어하게 되지 않을까 하는 일명 '예스맨 공포'를 가지고 있다. 정말로 친하고 나를 좋아하는 사람들에게는 거절하는 것이 어렵지 않은 걸 보면 이 이론은 맞는 듯하다. 실제로 L은 내가 자기 부탁을 거절한 사례들을 얼마든지 늘어놓을 수 있을 것이다.

물론 머리로는 내가 거절한다고 해서 상대방의 호감도가 달라지지 않는다는 걸 안다. 상대의 호감을 사기 위해 희생을 할 필요가 없다는 것을, 오히려 경계를 확실히 긋는 사람이 더 많은 존경을 받는다는 것을 분명히 알고 있다. 하지만 정작 누군가에게 부탁을 받는 상황에 처하면 이놈의 머리는 아무짝에도 쓸모가 없어진다. 거절하는 상황 자체가 끔찍하게 불쾌해지면서, 그 불쾌함을 끝내기 위해 "그래, 알았어"라는 말과 함께 그 상황을 마무리한다. 그리고 나중에 거절하지 못한 자신에게 막 화를 낸다.

나로 하여금 특히나 많은 업을 쌓게 한 동료가 마르쿠스다. 마르쿠스의 말은 주로 이렇게 시작된다.

- ○○○ 좀 해 줄 수 있어?
- 나 문제가 좀 있는데…….
- 잠깐 시간 있어?
- 또 걸리는 부분이 좀 있는데…….

나는 갑자기 내 것이 아니었던 문제 위에 올라타게 된다. 원래는 내 일이 아니었던 게 내 일이 된다. 짜증 나지 않냐고? 왜 아니겠어! 당연하지. 그래서 호의도 베풀지 않고 마르쿠스도 무시해야겠다고 생각했다. 앞으로 마르쿠스를 절대로 도와주지 않겠다는 말이 아니라, 도와주는 것이 당연한 일이 되어서는 안 된다는 거다.

"뭐라고 하는 게 좋을까?"

야나와 함께 카페 아인슈타인에서 마티니를 한잔하며 물었다.

"안 된다고 하면 되잖아?"

야나가 말했다. 나는 야나의 눈을 똑바로 보면서 "친구야, 넌 별로 도움이 안 되는구나"라고 했다.

전문가들은 나 같이 무른 인간들에게 가장 좋은 방법은 일단 생각할 시간을 버는 것이라고 조언한다.

마르쿠스 : 이 텍스트 좀 잠깐 봐 줄래?

나 : 10분 뒤에 답해 줄게.

좋은 방법인 것 같기는 하다. 그런데 문제는 10분 뒤에 다시 안 된다고 말해야 하는 딜레마에 처한다는 것이다.

또, 전문가들은 거절하기 전에 상대에게 일단 듣기 좋은 말부터 먼저 해 주라고 말한다.

마르쿠스 : 이 텍스트 좀 잠깐 봐 줄래?

나 : 와, 정말 보고 싶긴 하다. 그런데 나 안 될 것 같은데.

그냥 안 된다고 하는 것보다는 훨씬 나은 것 같다.

✖✖✖

다음 날 사무실이었다. 자못 긴장이 되었다. 나는 실전을 기다리고 있었다. 컴퓨터를 끄고 퇴근하려는데, 그것은 정확하게 마르쿠스라는 형태를 띠고 나타났다.

"알렉산드라, 일 다 끝냈어?"

"응."

올 것이 왔구나. 그렇게 생각하자 약간 긴장이 되었다.

"텍스트 좀 잠깐 봐 줄 수 있어? 뭔가 약간 부족한데……."

좋아, 내가 기다렸던 순간이다.

"마르쿠스, 보고 싶기는 한데 미안하지만 그럴 수가 없네?"

나는 그 말을 하면서 미소까지 지었다. 그치만… 내 말이 너무 애원하는 것처럼 들렸을까? 왜 홀가분하고 상쾌한 기분이 들지 않는 거지? 잠시 후 그 이유를 알게 되었다. 마르쿠스가 나의 말을 전혀 "싫어"라는 의미로 받아들이지 않은 것이다. 나의 잠재의식이 그것을 감지하는 바람에, 거절했는데도 기분이 좋지 않았던 것이다. 마르쿠스는 여전히 문 앞에 서 있었다. 나의 어떤 부분인가가 그에게 협상의 여지가 남아 있다는 느낌을 준 것이 틀림없었다.

"에이, 한 번만 봐 줘. 오늘 중으로 보내야 돼. 이리 와 봐. 별로 오래 걸리지 않을 거야. 제발, 제에발!" 마르쿠스는 고개를 삐딱하게 하고 미소를 지었다.

'와, 생각보다 어려운데? 왜 저 인간은 자기 마감을 내 문제로 만드는 거지? 나도 지겹다고!'

게다가 나는 알고 있었다. 마르쿠스는 늘 일을 미루고 또 미루다가 마감할 때가 다 되어서야 동네방네에 도움을 청한다는 걸. 그런 식으로 일을 처리하는 것은 옳지도 않고 바람직하지도 않다.

'지금 손대기 시작하면 한두 시간은 훌쩍 날아갈 텐데. 저놈은 남을 부려 먹는 것쯤은 예사로 여기는 건가?'

그렇게 생각하자 내 속에서 분노가 솟구쳤다. 카트린과의 관계를 청산한 순간이 생각났다. 그때 나는 좋게 좋게 호구로 남는 관계에 종지부를 찍기 위해 '분노'라는 감정을 활용했었다. 지금이 바로 그래야 하는 순간이었다. 이 방법이 무슨 만병통치약인 것은 아니지만, 아무튼 통했다.

'난 여덟 시간 전부터 사무실에서 열심히 일했다고! 그런데 마르쿠스는 또 자기 일을 내게 떠넘기려고 하잖아?'

나는 자리에서 벌떡 일어났다. 분노를 표현하려면 더 많은 공간이 필요한 법이다. 어휴, 저 삐딱하게 고개 기울인 것 보소! 잘났다, 정말. 누굴 우습게 알아? 나를 호구로 아냐고! 그래, 지금까지 베푼 호의만으로도 충분해. 이제 됐거든?

나도 고개를 삐딱하게 했다. 그리고 마르쿠스의 눈을 쳐다보았다. 그러자 일순간 마르쿠스의 미소가 사라졌다.

"됐거든?"

나는 그의 면전에 대고 이렇게 말했다. 됐다. 먹혀들었다. 승리의 감정이 솟구치면서 내 안의 분노가 어디론가 싸그리 씻겨 나갔다. 나는 가방을 잽싸게 팔 밑에 끼고는 어리둥절해하는 마르쿠스의 어깨를 툭툭 치고 퇴근해 버렸다.

마르쿠스는 그 일로 내게 삐지지 않았다. 나를 미워하지도 않는다. 내가 자기 부탁을 거절했다고 험담을 하고 다니는 눈치도 아니다. 오히려 반대다. 그날 이후 마르쿠스는 약간 더 진지하게 일에 임하는 것 같다. 물론 도와줄 일인 것 같으면 도와준다. 도울 수 있고, 돕고 싶을 때에 한해서 말이다. 그렇게 하니 훨씬 좋다. 인턴으로 일하는 중인 레나가 내게 세미나 보고서 쓰는 걸 도와줄 수 있냐고 물었을 때, 나는 1초도 망설이지 않고 "차라리 내 팔을 자르겠다"라고 답했다. 우리는 같이 웃음을 터뜨렸다.

회식 같은 건 누가 만든 걸까?

근무시간에 동료나 사장과 싸우지 않는 것만 해도 엄청난 일임을 생각하면 회식은 정말로 불합리한 짓이다. 정신 나간 발상 아닌가? 여덟 시간에서 열 시간씩 얼굴을 맞대고 일한 뒤에 "너희들 얼굴을 더 보고 싶어 죽겠어!"라고 말을 하는 형국이라니. 그런 일이 가능하단 말야? 회식은 원래 '같이 먹는다'는 뜻일 텐데, 이 말이 다른 뜻을 갖게 한 분들은 대체 누구신지.

내가 일을 마친 뒤에 하고 싶은 일들은 이런 것들이다. 집에 가기, 음식 만들기, 한잔하기, 공원 산책하기, 아이스크림 먹기, 아이와 놀아 주기……. 퇴근 후 하고 싶은 일이 백만 가지는 된다. 트랙터를 운전하고, 윈드 터널에서 스카이다이빙 체험도 해 보고, 잉어도 만져 보고……. 이 리스트에 절대로 들어가지 않을 일이 있다면, 킥킥거리는 메흐틸드나 술 취한 마르쿠스와 함께 길모퉁이의 바에 앉아 노닥거리는 것이다.

내가 신입이었을 때는 회식이 대유행이었다. 클럽에 가는 것과 비슷한 일이었다. 단, 클럽처럼 야밤에 가는 것이 아니라 퇴근 직후인 6시 반에, 아주 간단한 음식과 함께한다는 게 달랐다. 당시에 회식은 컨설팅이나 광고, 미디어 업계에 종사하는 사람들 중

1. 저녁을 차려 놓고 기다리는 가족이 없는 사람들
2. 그다음 날 세련된 일들을 효율적으로 처리하기 위해 정시에 잠자리에 들어야 하는 사람들(그래서 일찌감치 6시 반부터 회식)

을 위해 고안된 행사였다.

고용주들은 직원들이 모여서 함께 깨작깨작 음식을 먹으면 아주 좋을 거라고 착각했다. 그렇게 하면 연어샌드위치를 같이 먹으면서 부서 내 단합이 촉진될 수도 있고, 직원들이 부서를 초월하여 여러 가지 일들을 논의할 수 있을 거라고 생각한 것이다. 그 사람들 생각에 가장 좋은 점은 따로 근무시간을 할애하지 않고도 그런 효과를 낼 수 있다는 점이겠지!

우리의 사장 데틀레프 역시 같은 이유에서 회식을 장려했다. 무엇보다 단합을 다진다는 목표를 가지고 말이다. 그런데 실제로는 정반대의 효과가 났다. 어떤 사람은 퇴근 직전에야 회식을 갈 거라는 얘길 듣고는 상처를 받았고, 어떤 사람은 가족이 기다리는데도 회식에 가야 한다는 의무감을 느꼈으며, 누군가는 가기 싫은데 속으로 툴툴대며 참석했고(바로 나), 또 누군가는 회식 장소를 마음에 안 들어 했다(그 밖에도 메흐틸드가 그 자리에 있다는 문제도 있었다). 모임은 지루했고, 다들 약간 난감한 표정으로 핑거푸드를 집어 먹는 일 외엔 뭘 해야 할지 아무 생각이 없었다. 사정이 이러하니 회식은 소리 소문 없이 무대 뒤로 사라져야 자연스러운데, 희한한 일이 일어났다.

역설적이게도 데틀레프가 회사의 단합을 강화시키는 계기를 제공한 것이다. 물론 의도한 것은 아니었다. 그가 새로운 본부장을 고용했는데, 어디서 굴러먹던 양아치 같은 놈이 들어와 전 직원을 수준 이하로 대하기 시작했고, 이에 전 직원이 본부장에 대한 미움으로 똘똘 뭉친 것이다. 옛 중국 격언이 이야기하는 바대로였다.

마을 사람들 모두가 미워하는 한 사람이 있는가.
한 마을의 행복은 거기에 달렸다.

그때부터 몇몇 직원들은 퇴근 후 바에 모여 같이 본부장 욕을 하며 머리에 피어오르는 김을 식히곤 했다. 나 역시 열심히 그런 모임에 참석해 온 힘을 다해 욕을 하며 조직의 일원이 된 듯한 기분을 맛보았다. 그러나 얼마 안 가 곧 시들해졌다. 그 이유는 본부장이 조금씩 정신을 차렸기 때문이기도 하고, 일을 할 때에도 그 사람 때문에 화가 나는데 퇴근한 뒤까지 계속 화를 내는 게 불합리하게 느껴졌기 때문이다. 우리가 그런다고 야근수당을 받는 것도 아니니 말이다. 어느 날 회식 자리에서 이런 현명한 깨달음을 얻은 나는 술이 확 깨서 동료들을 둘러보았다. 그리고 결론을 내렸다. 우리는 욕하는 것 외에는 아무런 공통점도 없는 사람들이었다. 두 잔을 마신 후 바짝 붙어 앉은 메흐틸드와 마르쿠스만 빼면 말이다. 그때부터 나는 모임에서 빠졌다.

하지만 핵심 멤버 몇몇은 충실히 바에 들락거렸고, 불금 술자리는 일종의 관습이 되었다. 어떻게 보면 대단하기도 하다. 메흐틸드와 마르쿠스는 더 가까워졌다. 그러나 나는 여전히 그 자리에 끼고 싶지 않다. 퇴근 후까지 계속 일 이야기를 하고 싶지도 않고, 동료들의 뒷담화를 하고 싶지도 않다. 나는 얼른 집에 가서 답답한 브래지어를 벗어던지고 가족들과 함께 있고 싶다.

나는 이제 술 마시러 가자는 사람이 있으면 정확히 그렇게 말한다(브래지어 이야기는 빼고). 아니더라도 이제부터는 꼭 그렇게 말할 것이다. 지금까지는 매주 금요일마다 없는 핑계를 대느라 머리가 아플 지경이었다. 나한테는 같이 가자고 권하지 않을 때도 된 것 같은데 내 뜻대로 되지가 않는다.

"오늘 금요일이네! 무슨 말인지 알지?" 경리부의 산드라가 웃으면서 말을 걸어 온다. "내일은 토요일이지"라고 대답하며 윙크를 해 보지만 통하지 않는다. "오늘 진 마시러 갈 건데. 같이 갈래?"

나는 일단 심호흡을 하고 가지 않을 거라고 말했다. 오늘만이 아니라 앞으로 쭉 가지 않을 거라고. 나는 퇴근 후에는 그냥 집에 가고 싶고 진도 별로 좋아하지 않는다고……. 말이 매끄럽게 나오지가 않았다. 하지만 다른 사람이(IT부의 데니스) 똑같은 질문을 하자 훨씬 더 술술 나왔다. 퇴근할 무렵 인턴 중 하나가 똑같은 질문을 했을 때에는 이미 자신감이 넘치는 상태였다.

"절대로 안 가. 열 번 찍어도 안 넘어가. 즐겁게 놀아!"

삶은 이렇게 심플할 수도 있다.

희생에 뒤따르는 보상 따위는 없다

열심히 하다 보면 언젠가 사장이 알아주고 보상해 줄 것이라는 믿음. 이건 뭐 산타클로스나 달나라 토끼를 믿는 것과 비슷하다. 이런 잘못된 믿음으로 우리들은 하고 싶지 않거나 자기 담당이 아닌 일, 혹은 자신에게 어울리지 않는 일들을 떠맡는다. 사장이 싸가지 없는 경우에는 우리의 이런 믿음을 아주 능숙하게 이용한다.

야나를 처음 알게 되었을 때 나는 한 생산업체에서 일하고 있었다. '고정 프리랜서' 자격이었다. 이 말인즉슨 회사에 매여 일하되, 급료는 불안정하고 휴가도 없다는 뜻이다. 그리고 보험료, 병원비, 노후 관련 비용은 스스로 책임져야 한다. 당시 야나는 같은 회사의 인턴이었다. 이 말인즉 풀타임 근무는 하되 돈은 받지 못한다는 이야기였다.

이 회사의 소유주인 여사장은 이런 고용 시스템을 열광적으로 신봉하는 사람이었다. 그녀는 우리가 자기 회사에서 일하게 된 것을 기뻐하고 감사하는 게 당연하다고 여겼다. 어쩌다 야근을 하지 않는 날에 우리는 양심의 가책마저 느낄 지경이었다. 할 일은 많았고(종종 우리가 없었다면 대체 회사를 어떻게 꾸려 나갔을지 생각해 본다) 그녀는 우리를 능숙하게 조종했다. 시간이 지나면서 우리는 서서히 뭔가 잘못 돌아가고 있다는 것을 깨닫기 시작했다. 그러고도 야나가 시간당 20센트인 임금을 박차고 그 회사와 작별을 고하기까지는 무려 1년 반이나 걸렸다. 그런 일도 있을 수 있다. 공정하지도 않고, 도움이 되지도 않고, 착하지도 않고, 싸가지도 없는 사장을 만나는 그런 일도.

또는 데틀레프처럼 상당히 매력적이지만 건망증이 심한 사장을 만나게 될 수도 있다.

"프레젠테이션 준비하는 거 좀 도와주지"라는 말에 내가 "지난번에는 저 혼자 프레젠테이션 10개를 준비했어요!"라고 받아치면

데틀레프는 이렇게 말한다.

"아, 그랬나?"

내가 프레젠테이션 100개를 혼자 한다고 해도 데틀레프의 눈에는 띄지 않을 것이다. 그러므로 직장생활에서 보상이 주어질 것을 바라며 업을 쌓는 일은 소용없다. 그런 걸 기대하며 업을 쌓는 사람은 머리가 어떻게 된 거다. 아무런 의미가 없는 짓이다.

죄책감을 갖지 말자!

죄책감이 직장생활에 미치는 영향은 꽤 크다. 우리가 동료에게 갖는 죄책감이 그 예다. 죄책감은 우리 스스로 느끼기도 하지만 다른 사람이 의도적으로 불어넣는 경우도 있다. 내 경우를 살펴보면, 이 분야의 전문가로 대학 시절 내가 아르바이트를 했던 바의 주인을 능가할 사람은 없다. 바에서는 나도 모르게 근무시간이 바뀌거나 빠진 누군가의 자리를 메꾸는 일이 비일비재했다. 아니, 사실 그건 별문제도 아니었다. 문제는 바로 우리가 만성적으로 일손이 모자라는 상태라, 한 사람이라도 일을 그만두면 정말이지 절망적인 상황이 된다는 것이었다. 나는 졸업시험을 한 차례 다음 학기로 미룬 뒤에야(공부를 더 하기 위해서가 아니라 경영대학원 학생들에게 맥주를 서빙하기 위해!) 이 상황에 브레이크를 걸 수 있었다.

"전 더 이상 그렇게 남들 대신 일을 할 수가 없어요. 공부도 해야 하거든요."

사장에게 말하자 이런 대답이 돌아왔다.

"그러면 다른 사람들이 더 많이 일을 해야 하잖아. 여기엔 혼자 애 키우는 싱글맘도 있다고!"

내가 일을 덜하면 다른 사람들이 더 많이 해야 한다는 것, 그리고 소냐가 일정 시간 이상 일할 수 없는 싱글맘이라는 것은 맞다. 그러나 그 배후에는 다른 문제가 있다. 그러면 종업원을 더 고용해야 하는데 사장은 그럴 마음이 없다는 것. 대신에 자기 문제를 내 문제로 만들고, 죄책감을 심어서 내 마음을 약하게 만들려고 한다는 것. 그가 면허 정지를 당한 뒤 나더러 그날치 장을 봐 오라고 한 날, 나는 그의 발아래 앞치마를 집어 던졌다. 사장은 가게 문을 닫고 영업을 하지 못하게 된 게 나 때문이라고 생각했겠지. 술 마시고 운전하다 신호등 앞에서 잠든 자기 때문이 아니라.

메커니즘이 이해가 가는지? 말하노니, 죄책감은 무시해 버리자.

일을 잘 시키는 것도 능력

광고회사에서 내 일을 돕는 인턴을 둔 이래로 나는 죄책감의 또 다른, 아름다운(?) 순간들을 경험하게 되었다. 우리 회사의 인턴들은 옛날에 야나가 그랬던 것과는 달리 정상적인 급료를 받고, 늘 기분이 좋으며, 두루두루 매력적이다. 그런데 문제는 바로 여기에 있다. 인턴들이 너무 착하고 싹싹하다 보니 도무지 일을 시키고 싶지가 않은 것이다! 처음에는 뭐가 문제인지 깨닫지 못했다. 그런데 어느 날인가, 복사기 앞에서 복사를 하고 있는데 옆에 있던 인턴들이 나를 이상한 눈초리로 쳐다보는 것이었다. 나는 레나를 귀찮게 할까 봐 스스로 복사를 하던 중이었다. 레나는 그때 인터넷 서핑 중이었다. 당시의 나는 이랬다.

- 레나가 작성한 기안을 고쳐 오라고 시키지 않고 내가 직접 고친다.
- 일이 남았는데 레나는 먼저 퇴근시키고 나 혼자 남아 일을 처리한다.
- 퇴근 전에 그녀의 책상을 치워 준다.
- 뭔가 먹을 것을 사다 준다.

"나도 당신 밑에서 인턴하고 싶다."

내가 스스로 관찰한 바를 들려주자 L이 그렇게 말했다. 우리는 함께 거실을 치우는 중이었다. 매일 저녁마다 하는 일이다. 아이는 뚜껑 없이 믹서기를 돌린 것처럼 거실을 어질러 놓고는 했다.

"자, 엄마를 도와주렴. 일단 레고들을 상자에 담을까?"

나는 아이를 토닥였고 아이는 즐겁게 장난감을 치웠다.

"자, 이제 인형들을 침대에 눕힐까?"

우리는 열심히 방을 치웠다. 정리를 마치자 아이가 자랑스럽게 웃었다.

"다 해따!"

이 귀염둥이.

그러고 나서 아이가 혼자서 신발을 벗었다. 처음 보는 모습이었다. "와!" 내 눈이 휘둥그레졌다.

"언제부터 혼자 할 수 있었어?"

L의 입이 귀에 걸렸다. "요 며칠 동안 연습했어."

아이가 꺄악 소리를 내며 신발을 내게 내밀었다. 지난 며칠간 L이 아이를 어린이집에 데리러 가고는 했다. L은 아이에게(나와는 달리) 이런 것들을 스스로 해 볼 시간을 주었던 것이다. 옳은 방법이다. 그런데 나는 아이가 조금만 서툴러도 기다리지 않고 얼른 내가 대신 해 주었다. 인턴에게 그러하듯이.

다음 날에도 이런 생각이 머리를 떠나지 않았다. 인턴인 레나는 애도 아니고 애보다 훨씬 의사소통이 잘되는데…….

그래서 나는 이제 엄마로서의 마음을 활용해 가책 없이 레나에게 일을 시키기로 했다. 복사도 시키고, 먹을 것도 사 오라고 하고, 자질구레한 일들을 모두 위임했다. 레나가 내 아이라고 상상하고 있지 않았더라면, 나 자신이 타고난 상사라고 착각했을 것이다.

이 외에도 직장생활에는 걸림돌이 백만 개쯤은 있다. 혼자서 한 번 점검해 보자.

- 다른 사람에게 일을 시키거나 귀찮게 하고 싶지 않다.

☐ 그렇다 ☐ 아니다

- 해고당하지 않으려면 대체불가능한 사람이어야 한다고 생각한다.

☐ 그렇다 ☐ 아니다

- 도저히 못 한다는 말, 안 된다는 말을 못 하겠다.

☐ 그렇다 ☐ 아니다

- 미래에 보상이 주어질 거라는 마음에 싫은 일도 억지로 한다.

☐ 그렇다 ☐ 아니다

- 아랫사람을 시켜도 되는 단순한 일들도 모두 떠맡아 한다.

☐ 그렇다 ☐ 아니다

다섯번째 똥차

자기들이 나 대신
임신한 줄 아는 사람들

똥차 리스트 ⑤ 임신했을 때

- 임산부에게 쏟아지는 온갖 조언들
- 시어머니와 아기용품 사기
- 아이가 태어난 뒤에
- 출산 계획? 다 필요 없을걸?
- 다른 부모들은 무시하자
- 아이 없는 친구들이 뭘 알겠어?

✖✖✖

임신을 한 동안에는 거리낌 없이 맘에 들지 않는 모든 것과 쿨하게 이별할 수 있다. 그냥 "하고 싶지 않아"라고 하거나 "그럴 기분 아니야"라고 하면 끝이다. 말만 하면 된다.

이 일을 아홉 달 동안이나 집중훈련할 수 있다. 그러지 않으려 해도 몸이 말을 듣지 않는다. 주위의 참견과 간섭, 반응과 조언의 90퍼센트쯤을 그냥 무시하지 않으면 아마 얼마 안 되어 곧 폭발하고 말 것이다.

이웃집 아줌마는 진실하고도 자연스러운 유일한 방법이라며 집에 있는 욕조에서 출산하라고 떠들어 대고, 시어머니는 집에서 출산하면 자칫 아이의 생명이 위험해질 수 있으니 안 된다고 그런다. 같은 이유에서 강아지는 무조건 다른 사람에게 줘 버려야 한다고 으름장을 놓는다. 그런가 하면 친구는, 강아지는 키워도 되지만 아기 침대에 이불을 깔면 굉장히 위험하단다.

온갖 사람들이 다 나타나 어디서 들은 이야기를 주워섬기며 더더더 섬뜩한 이야기들을 늘어놓는다. 당사자는 아직도 임신 테스트기에 두 줄이 나타난 게 어찌된 일인지 어안이 벙벙한데, 미래의 할아버지와 할머니는 태어날 아기가 나중에 대학입학자격시험을 보아야 할지 말지를 두고 싸운다.

아직 모르는 사람들이 많은 것 같은데, 임산부가 짓는 행복한 미소는 사실 이렇게 훈수를 두는 사람들을 향해 그냥 고개를 끄덕여 주는 것이다. 임산부의 미소는 '상관하지 마'라는 뜻이다. 임산부가 돌아 버리지 않을 수 있는 유일한 방법이다.

이런 태도를 취하면서 이 태도의 장단점을 고려하거나 다른 태도를 취하려고 머리를 굴릴 필요는 없다. 그냥 있다 보면 어쨌든 저절로 된다.

가령 주변 사람들이 흥분해서 임산부가 먹어도 되는 치즈와 소시지는 어떤 것이며, 먹으면 안 되는 것은 무엇인지 열띤 토론을 벌이는 동안, 임산부는 그냥 접시 위에 놓인 맛있는 안주들을 우적우적 집어넣으면 그만이라는 사실을 빠르게 터득한다.

평소 자신의 욕구를 앞세우지 못하고 다른 사람들에게 잘해 주느라 애쓰던 사람들에게 임신은 좋은 기회다. 아기가 자동적으로 1순위가 됨으로써 나머지 세계를 원래 있어야 할 곳으로 멀리 유배 보낼 수 있다. "저 뒤로 가 있어!" 많은 사람들에게 이것은 완전히 새로운 경험이다.

극장에서 영화를 보다가 급하게 화장실에 가고 싶은데 그러려면 그 줄에 앉은 모두를 일으켜 세우는 민폐를 끼쳐야 하고, 더군다나 그렇게 화장실에 가는 게 벌써 두 번째라 하더라도, 별 어려움 없이 쿨하게 행동할 수 있다. 내 방광 위에서 돌아다니고 있는 아기는 그 줄에 앉은 누구보다 훨씬 중요하니까.

임산부에게 쏟아지는 온갖 조언들

사람들이 임산부에게 하는 조언들의 문제점은 임산부가 아기를 위해 최선을 다하고자 하는 심리를 이용한다는 데에 있다.

예비 부모가 되면 귀가 얇아져 말도 안 되는 소리에도 쉽게 넘어가곤 한다. 내가 임신했을 때 시누이는 파인애플을 먹으면 유산할 수도 있으니 절대로 파인애플을 먹지 말라고 했다. 어떤 나라에서는 파인애플을 낙태 수단으로 쓰기도 한다나? 난 파인애플 무지하게 좋아하는데! 산부인과 간호사에게 물어보니 파인애플 먹고 유산하려면 7.5톤쯤은 먹어야 할 거라며 염려 말라고 손을 내저었지만, 그래도 찝찝한 나머지 임신 기간 내내 파인애플을 한입도 먹지 않았다.

임신했을 당시를 돌아보면 그나마 유익했던 조언은 딱 두 가지뿐이었던 것 같다. 둘 다 내 친구 요시의 조언이었다.

1. 조언 따위 한 귀로 듣고 한 귀로 흘려라!
2. 임신 6개월 째부터는 에일리언을 보지 마라!

두 번째 조언의 중요성은 나중에야 깨달았다. 요시의 당부에도 불구하고 〈에일리언〉을 보고 난 직후였다. 그러고 나서 아기가 뱃속에서 첫 발차기를 했는데, 그걸 좋은 느낌으로 받아들일 수가 없었다.

예비 부모가 눈 깜짝하지 않고 무시해야 하는 조언들은 다음과 같다.

먹거리에 대한 조언

먹는 것은 전혀 문제가 되지 않는다. 임신 중에 와인을 마시지 말라고? 와인이 임산부에게 안 좋다고? 엄마의 체내에 남아 있다가 모유 수유를 할 때 아기에게 옮겨 간다고? 웃기고 있네.

몸매에 대한 조언

이 역시 파인애플과 비슷하다. "너 대체 임신 몇 개월이야? 그래? 그에 비하면 배가 (무척 큰데 / 작은데 / 처졌는데 / 동그란데)?" 임산부는 늘상 이런 소리를 듣는다. 이런 소리를 들으면 불안해지기 십상이다. 절대로 신경 쓰지 마라. 그냥 한 귀로 듣고 한 귀로 흘려 버려라.

"지금 많이 자 둬, 아이가 나오면 못 자!"

이것도 조언인가? 지금 충분히 자면 2개월 후에는 잠을 조금만 자도 되나? 그럼 나는 1984년에 일주일 내내 침대에서 잠만 잔 적이 있으니까, 오늘 밤은 꼴딱 새워도 되겠네!

#이름에 대한 조언

아이에게 좋은 이름을 지어 주기 위해 미래의 엄마, 아빠는 이런 저런 명부들을 뒤적이거나 웹사이트에 들락거린다.

유행을 타지 않으면서도 부르기 쉽고 느낌이 좋은 이름. 너무 촌스럽지 않고, 성씨와도 잘 어울리고, 성별과도 잘 어울리는 이름. 너무 흔하지 않으면서 튀지도 않는 이름……. 그런 식으로 추리고 추린 뒤에야 대략적인 후보 목록이 탄생한다. 그중에서 다시 평소 밥맛없던 사람 이름은 탈락, 친척이나 반려동물이 쓰는 이름도 탈락, 친구 중에 같은 이름을 쓰는 이가 있으면 탈락……. 그런 식으로 계속해서 쳐내다 보면 운이 좋아 봐야 한두 개가 남기 마련인데, 그마저도 배우자가 싫어할 확률이 높다. 어찌어찌해서 배우자와 타협을 보고 나면, 또 최소한 친구 한 사람은 이렇게 말하기 십상이다.

"에이, 글쎄……. 이름이 좀 (구식이네 / 식상하네 / 무슨 강아지 이름 같아 / 멍청해 보여)."

그러면 수색 작업이 다시 시작된다.

그런데 잠깐! 방금 그 말을 한 친구의 취향을 생각해 보자. 혹시 늘 촌스런 티셔츠를 입고 다니거나 극우파 가수 크싸비어 나이두 노래나 듣고 다니지 않나? 그렇다면 그 친구가 뭐라고 입을 놀리든 귀담아듣지 마라.

#온갖 출산 경험담들

이제 곧 모르는 여자들이 저마다 자기가 애를 낳던 때를 떠올리며 동정의 눈빛을 보낼 만큼 배가 불러 올 것이다. 사람들이 들려주는 출산 얘기는 보통 믿을 수 없을 만큼 아팠고, 진통이 백만 시간쯤은 계속된 것 같고, 이런저런 합병증을 겪었다는 소리들이다. 이런 얘기들은 그냥 엄마들끼리 서로 누가 더 잘났느니 하고 자랑하는 것과 비슷하다. 이런 얘기들은 옆으로 휙 비켜서서 무시해 버리자. 당신의 출산은 아주 다를 것이다.

#그 외 다른 이야기들 전부!

우리를 걱정하고 사랑해 주는 사람들(혹은 그렇게까지 사랑하지는 않는 사람들)이 임신에 대해 하는 얘기들은 좀 웃길 때도 있다. 내가 지인들을 상대로 간단히 조사를 해 보았다.

- 카티는 임신 8개월 때 친정 엄마에게 이런 말을 들었다. "너 아직은 아기 물건 아무것도 들이지 마. 무슨 일이 있을지 어떻게 아니? 아기 낳으면 병원에 있는 동안 네 남편이 다 사면 돼."

- 로라는 시어머니에게 이런 말을 들었다. "너 출산하고 2주만 지나면 주말에 여행 가도 돼. 아기는 우리 집에 맡겨. 그렇게 알 품은 암탉처럼 살 필요 없어!"

- 넬레는 이웃 아줌마에게 이런 말을 들었다. “아이 낳을 때 하반신 마취를 하면 두통이랑 요통이 생겨서 아기 목욕도 제대로 시킬 수가 없어!”

- 리타는 이모에게 이런 말을 들었다. “하루에 물을 2~3리터씩이나 마신다고? 그렇게 많이 마시면 안 돼! 아기가 익사하면 어쩌려고 그래!”

임신했을 때 쿨하게 이별할 것들의 리스트를 적어 보자.

- ....
- ....
- ....

시어머니와 아기용품 사기

아기용품을 구입하는 일은 정말 설렌다. 침대(여기에 아기가 누울 거야), 공갈젖꼭지(아기가 오물오물 빨겠지?), 귀여운 무늬가 프린트된 거즈손수건(아기가 젖을 토하면 이걸로 닦아 줘야지!). 멋진 일이 아닐 수 없다. 이제 곧 아기가 나올 거라는 사실이 한층 더 현실적이고 실감 나게 다가온다.

핀터레스트 덕분에 나는 아기방 인테리어와 아기용품의 디자인, 아기가 어떤 옷을 입고 있어야 하는지 등등에 대해 아주 명확한 콘셉트를 가지게 되었다. 방이나 옷의 색깔, 무늬, 기저귀 브랜드 등 모든 것이 내 머릿속에 완벽하게 정해져 있었다. 핀터레스트에 실린 사진들을 면밀히 살펴보고 난 뒤, 나는 꼭 아이의 요람 위에 귀여운 필체로 아이 이름을 나무에 새겨 걸어 놓기로 했다. 곰이나 토끼 무늬가 그려진 액세서리와 신생아 우주복은 한물갔고, 대신에 여우나 부엉이 무늬가 뜨고 있다는 것을 알게 되었다. 아기방 한쪽 구석에 알록달록한 삼각 가랜드를 거는 것이 요즘의 트렌드라는 것도. 아기방에 채울 물건들의 색상은 연회색과 겨자색, 아니면 민트색과 노란색의 조합이 좋겠다고 생각하는 와중에 흥분한 예비 할머니가 보낸 첫 택배가 도착했다. 상자 속에는 핀터레스트에는 절대로 나오지 않을 법한 물건들이 들어 있었다. 내 취향과는 정반대였다.

그리하여 기저귀 교환대 위에는 곰돌이 푸가 그려진 하늘색과 분홍색 조합의 물건들(시어머니가 사 준 것)과, 고래가 그려진 파란색 줄무늬의 물건들(내가 산 것)이 함께 놓이게 되었다. 그 모습을 보며 나는 때때로 서부영화의 주제곡을 흥얼거렸다.

아기가 아들임이 확실해지자 시어머니는 미리 아기용품 일체를 선물하겠다고 제안했다. 목욕수건, 우주복, 아기용품 전부를 말이다. 다행히 마지막 순간에 협상을 할 수 있었다. 만나서 같이 사기로. 약속한 날에 나는 부른 배를 안고 L과 함께 시내로 뒤뚱뒤뚱 걸어갔다. 나지막이 〈투우사의 노래〉를 흥얼거리며 장렬한 싸움을 할 각오를 다졌다.

시어머니 : 여기! 하늘색 곰돌이 우주복!

나 : 아이고, 한물갔어요! 저기 부엉이 캐릭터 배기바지로 할래요.

우리가 아기용품점에서 서로 머리끄덩이를 잡고 주먹을 날리는 바람에 세워 둔 유모차들이 도미노처럼 주르르 넘어가는 광경이 상상됐다. L의 도움은 기대하지 않는 게 낫다. L은 부엉이든 곰돌이든 아무거나 사기만 하면 그만일 테니까.

아기용품점에 가 보니, 시어머니는 팔에 커다란 쇼핑 바구니를 걸고 황소처럼 발로 바닥을 긁고 있었다. 마음에 드는 물건으로 바구니를 채우리라는 결심으로 눈이 반짝거렸다.

"내가 엄청 귀여운 모자 봐 놨어."

시어머니는 우리를 보자 만면에 희색을 띠며 내 팔짱을 끼고 끌고 갔다. 모자들이 있는 곳이었다. 그저 그랬다. 이내 새로운 것에 시선이 꽂힌 시어머니는 다른 쪽으로 다시 자리를 옮겼다. 하늘색 니트 카디건이었다.

"아유, 귀여워라."

시어머니는 감탄을 하며 카디건을 들어 올렸다. 끔찍했다. 단순히 '별로 안 예쁜 것'을 넘어 하늘색 악몽이었다. 나는 맘에 들지 않는 것은 강력하게 거부하기로 굳은 결심을 한 터였다. 이 아이는 나의 첫 아이고, 아마도 둘째는 낳지 않을 테니까. 그렇기에 모든 것이 완벽해야 했다. 연회색과 겨자색, 혹은 민트색과 노란색의 조합이어야 한다.

그런데 곧 신기한 일이 일어났다.

카디건을 들고 있는 시어머니를 보자마자 나의 반항심이 봄 햇살에 눈 녹듯 녹아 버린 것이다. 열광 중인 누군가를 실망시키는 건 어렵다. 웃음이 나왔다. 시어머니의 눈이 너무나 행복하게 빛나고 있었기 때문이다. 마음이 따뜻해졌다. 첫 손주를 기대하는 마음이 나한테까지 고스란히 전달됐다. 시어머니는 카디건을 내 앞에 내밀며 "이거 어때?"라고 물었다. 나는 "완벽해요!"라고 말하며 시어머니에게 키스를 날렸다(그러고 나서 추가로 부엉이 무늬가 그려진 배기바지도 샀다).

취향과 관련해서도 쿨하게 이별을 통보할 수 있는 많은 상황들이 있을 것이다. 가령, 아기용품점에서 시어머니의 취향을 무시하는 건 나쁜 선택이 아닐 수 있다. 그렇게 하면 원하는 대로 민트색과 노란색 계열의 용품들을 마련할 수 있을 테고, 그러면 틀림없이 아주 멋져 보일 테니까.

그런데 나중에 아이가 그 하늘색 니트 카디건을 입을 때마다 절로 미소가 나왔다. 그 카디건이 멋진 기억을 불러왔기 때문이다.

시어머니의 얼굴에서 엄청난 사랑과 설렘을 본 기억. 아이가 부엉이 배기바지를 입고 있을 때에는 그런 이유로 미소 짓는 일은 생기지 않았는데 말이다.

아이가 태어난 뒤에

자, 이제 아이가 태어났으니 좀 조용해질 거라고 생각하면 오산이다. 천만에! 자기가 뭘 좀 아는 전문가나 된 듯 착각하는 사람들이 어찌나 많은지! 어떻게 해야 하는지를 정확히 안다고 자부하는 사람이 한둘이 아니다. 아이를 키워 본 사람들, 아니 아이가 없는 사람들까지도! 그들은 어떤 주제에 대해서건 말을 보탠다. 그러다 보니 모든 테마가 다 지뢰밭이다. 모유 수유냐 인공 수유냐(콰쾅!), 모유 수유를 한다면 언제 젖을 끊어야 하느냐(콰쾅!), 아기를 언제 어떻게 재워야 하느냐(콰쾅!), 베이비시터에게 아기를 맡겨도 되느냐(콰쾅!), 언제부터 아이 버릇을 들여야 하느냐(콰쾅!), 언제쯤 직장에 복귀하는 게 좋으냐(콰쾅!), 그리고 또 예방접종과 관련한 문제들(콰쾅!)…….

모두가 자신이 옳다고 주장하고, 인간이 많은 만큼 의견도 가지가지다. 답답한 건, 새내기 엄마 아빠는 그중 아무것도 그냥 무시해 버릴 수 없다는 것이다. 그 모든 조언들이 정말 맞는 얘기인지 알아보고 상대와 의견을 조율해야 한다.

그렇다고 오늘날의 상식이 틀림없이 사실이라고 무턱대고 믿을 수도 없다. 예를 들어 수십 년 전에는 폭군 같은 신생아의 버릇을 단단히 들여야 한다는 내용의 육아서(그 육아서는 1934년에 나왔다는 사실!)가 대세였다. 아기에게 너무 많은 관심을 쏟으면 안 되고, 너무 잘해 주면 안 된다는 내용이었다. 악쓰고 울어야 오히려 아기의 폐가 튼튼해지니까(?!). 배부르게 먹이고 기저귀를 갈아 준 다음에는 밤새 아기가 울건 말건 아기방에 혼자 두라고 했다. 당시의 상식을 무시한 채 자신의 감을 믿고 아기가 울면 즉각 돌봐 준 엄마들은 정말 신의 한 수를 두었다고 할 수 있다. 우리 엄마는 지금도 내가 아기를 안아 주고 예뻐하면 눈물을 글썽거린다. 나를 키울 때는 응석받이가 될까 싶어 그렇게 못 했는데, 그 점이 두고두고 아쉽다면서 말이다.

어떤 게 옳고 어떤 게 그른지를 전부 따지기는 쉽지 않다. 그저 최선을 다할 뿐이다. 이런 새내기 엄마 아빠 앞에서 사람들은 훈수를 둔다. 어딘가에서 이런 소리를 들었다며, 혹은 읽었다며.

이런 오지랖이 싫다고 남 몰래 눈을 흘기다 눈이 돌아가는 불상사가 발생하기 전에, 나아가 그런 사람들에게 치를 떨게 되기 전에, 이게 다 호의를 가지고 하는 말임을 떠올려 보자. 그럼 도움이 된다. 달리 어떻게 도움을 주어야 할지 몰라서, 어떻게 해야 좀 거들어 주고 사랑을 표현할 수 있는지 몰라서 그러는 것이다. 잘난 체하려거나 초보 엄마를 못 믿어서 그러는 게 아니다. 잘해 주고 싶은데 어떡해야 할지 몰라서, 혹은 감동을 받고 호의에서 그러는 거다. 그들의 행동을 막을 수 있는 좋은 방법은 현재 어려움을 겪는 문제에 대해 콕 집어 물어보는 것이다. 아기가 코가 막혀서 잠을 잘 못 자는데 어떻게 하면 좋겠느냐라든지, 옷을 입힐 때마다 아기가 기를 쓰고 우는데 어떡해야 하느냐라든지. 아마도 유용한 조언들을 해 줄 것이다!

내가 가장 애용하는 방법은 이것이다. 슬그머니 참견을 하려는 사람이 있으면 "잠깐만 안고 계세요!" 하고 아기를 넘겨주는 것이다. 갑자기 떠안듯 아기를 안게 된 사람은 장광설을 중단하고, 대신 "둥기둥기 우리 아기, 우르르르르 까꿍!" 하면서 아기를 어르기 시작한다. 이 얼마나 사랑스러우면서도 효과적인 방법인지!

여러 훈수들 중 내가 일고의 가치도 없이 곧장 무시해 버리는 훈수는 이것이다.

"우리 땐 그런 거 없어도 잘만 키웠어. 너도 그런 거 필요 없어!"

이렇게 바보 같은 말이 또 있을까? 이 말을 처음 들은 것은 일회용 기저귀 전용 쓰레기통을 샀을 때였다. 안에 비닐이 들어 있고 냄새 방지 캡이 있어, 거실에 들어서자마자 오늘 아기가 응가를 했는지 안 했는지 알 수 있는 것을 막는 용도였다(즉, 아기가 응가를 했어도 거실에 냄새가 배지 않는다).

출산 후 마르타 이모가 처음 방문했을 때 그 말을 들었다. "어머, 전에는 이런 알량한 물건 없이도 잘 살았는데. 이렇게 별 쓸데도 없는 걸." 그 말을 듣고 깜짝 놀랐다. 처음으로 그런 논지와 마주쳤던 것이다. 누군가가 바퀴를 발명했을 때 마르타 이모가 거기 있었다면 뭐라고 했을까?

- 아이고, 우리는 그렇게 빨리 움직이지 않고도 잘 살았는데.
- 굴려서 간다고? 이고 지고 가는 것도 그리 나쁘지 않았는데?
- 이제 사각형은 어떤 기분이겠어?

나는 도무지 이해가 안 됐다. 공기 중에 응가 냄새가 밴 집과 아닌 집. 두말할 필요가 있나? 복수할 기회는 금방 찾아왔다. 마르타 이모가 최근 받은 인공고관절 수술 이야기를 꺼낸 것이다. 마르타 이모는 예전에 인공고관절 수술을 했었는데, 낡은 인공고관절이 수명을 다해 다시 수술을 받았다. 이번에 넣은 인공고관절은 코발트크롬 합금을 사용해서 더 튼튼하다는 이야기를 자랑삼아 하는 거였다. 이건 기회다 싶었다. 나는 커피 한 모금을 호로록 들이켠 뒤, 이모에게 말했다.

"어머, 그런 물건 없이도 잘 살았는데. 별 쓸데도 없는 걸."

내가 좀 심했나? 그럴 수도. 하지만 남과 부딪치는 일은 하지 말자는 말도 안 되는 소리는 듣지 않겠다.

몇 주 전에는 학창 시절 같은 반이었던 친구를 만났다. 그녀는 임신 4개월째였는데, 막 앤젤사운드를 구입했다고 했다. 앤젤사운드는 배에 고정하고 있으면 초음파로 아기의 심장 소리를 들을 수 있는 제품이다. 그때 바로 내가 딱 걸려들었다.

"세상에, 내가 임신했을 적엔 그런 물건 없었는데……. 그리고… 음… 음……."

출산 계획? 다 필요 없을걸?

계획은 두 종류로 나누어 생각해 볼 수 있다.

1. 임신, 아이와 관련된 계획
2. 그 외 다른 모든 계획

당신이 쿨하게 이별할 수 있는 계획은 1번에 속한 계획들 전부와 2번에 속한 계획들 전부다.

진심으로 말하건대, 다 쓸모없다. 다행스러운 점은 세월이 가면서 서서히 이런 진실을 깨닫게 된다는 것이다. 그렇기에 나중에 애가 대학에 들어가 하라는 공부는 안 하고 1년간 바에서 일한다고 해도 놀라지 않는 경지에 이를 수 있다.

나는 물론 계획을 세우는 것 자체에는 전혀 반대하지 않는다.

계획은 좋은 것이다. 나는 늘 많은 계획을 세우고는 했다. 임신했을 때는 더했다. 계획을 세우고 또 세웠다. 배가 불러 오면 발코니의 안락의자에 누워 여유 있게 스무디를 마시리라 생각했고, 애가 나오기 직전까지 일을 해야겠다고 생각했다. 아기방 색깔은 민트색과 노란색으로 통일하리라 마음먹었으며, 임신을 둘러싼 계획 중 가장 중요한 출산 계획도 세웠다.

그렇게 계획대로(수중분만을 하되 진통제를 사용하지 않고, 배경음악으로 잭 존슨의 노래를 들으면서) 출산을 하고 나면 아기를 유모차에 태우고 첫 소풍을 나가야지 하고 생각했다. 몇 달간 일을 쉬면서 주부와 엄마로만 살 수 있다니……. 얼마나 좋을까? 유모차를 옆에 세워 둔 채 길가의 카페에서 카푸치노를 마시고, 유모차를 밀면서 느긋하게 쇼핑을 즐겨야지. 엄마와 아기가 함께하는 필라테스에 다니고, 일요일이면 L과 아기와 함께 침대에서 빈둥거려야지. 하… 하… 하…….

그러나 계획은 출산 전부터 삐걱거리기 시작했다. 배가 남산만 해지자 안락의자에 느긋하게 눕는 일은 생각도 할 수 없었다. 일단 안락의자에 누웠다가 혼자 일어날 수 있을지 자신이 없었고, 또 그렇게 살짝 뒤로 젖힌 자세는 아기에게 이제 야생원숭이처럼 맘대로 움직여도 좋다는 일종의 신호가 되었기 때문이다. 그 바람에 스무디를 두 번이나 토한 이후 나는 스무디를 입에 대지도 않았다. 아랫집을 생각해서라도 그래야 했다. 처음 토한 것들이 아랫

집 발코니로 떨어졌거든.

출산 직전까지 일한다는 계획도 틀어졌다. 내 두뇌가 무슨 따뜻한 죽처럼 변해 버린 것 같았다. 5분도 제대로 집중할 수가 없었고, 장을 보고 와서 지갑을 냉동실에 넣거나 잔에 물이 채워진 것도 모르고 물을 따르려 한다거나 하는 일이 자꾸 생겼다. 한마디로, 정신적으로 상태가 좋지 않았다.

그러나 이 모든 것들 중 가장 말도 안 되는 것은 바로 출산 계획이었다. 출산 계획은 그 자체로 모순이었다. 지나고 나니 병원이 왜 그런 말도 안 되는 프로그램을 제공하는지 이해할 수가 없었다. 아마 좋은 이미지를 쌓느라 그러는 거겠지. 어차피 출산 전에는 뭐가 좋은지 판단할 수가 없는 것이다.

진통이 있는 동안에 L에게 욕설을 퍼부을 수 있다는 점은 굉장히 좋았다. 그치만 말이 열 마리쯤 있었어도 출산 계획을 지킨답시고 나를 수중분만용 욕조로 끌고 갈 수는 없었을 것이다. L에게 욕하는 것을 출산 계획이랍시고 어디에 적어 놓을 수도 없는 노릇이고.

진통이 다음 단계에 이르자(영화에서 흔히 나오는 것처럼 크게 소리를 지르게 되는 단계였는데) 더 이상 욕도 안 나왔다. 진통이 더 심해지자 나는 진통제를 달라고 소리를 지르기 시작했다.

"진통제는 안 쓰시기로 했잖아요. 자연출산 하신다면서요."

금발의 젊은 보조 조산원이 코 먹은 소리로 그렇게 말하자 나는 당장 진통제를 가져오지 않으면 그냥 놔두지 않겠다고 고래고래 소리를 질렀다. 그제야 그녀는 진통제를 가지러 뛰어갔다. 이제 계획 중 남은 것은 잭 존슨의 노래를 듣는 것뿐이었는데, 다시 진통이 몰려오기 전에 잠깐 생각해 보니 듣는 것까지야 가능하겠지만 그러면 CD 플레이어에게 슬픈 운명이 닥칠 것 같았다…….

이런 경험을 시작으로, 내가 가슴속에 품은 계획들은 다 수포로 돌아갔다. 그도 그럴 것이 계획을 세우면서 고려하지 않은 일들이 있었던 것이다. 예를 들어 산후출혈 같은 것 말이다. 나는 유모차를 밀고 봄 햇살을 즐기는 대신, 산모용 패드를 대고 침대에 누워 있어야 했다. 그래서 산욕기를 '라잉 인(lying-in)'이라 하는 모양이다. 내가 고려하지 않은 또 한 가지는 바로 아기였다. 아기를 데리고는 쇼핑센터와 카페를 갈 수 없다는 게 드러났다. 카페와 쇼핑센터 앞을 지나치는 것까지는 가능했지만.

일요일을 어떻게 보낼지에 대한 계획도 생각과는 다르게 진행되었다. L은 아기와 함께 시시덕거리며 지냈지만, 내가 방에서 충분한 수면을 취할 수 있도록 거실에 있어야 했다. 내가 주부와 엄마로만 지낸 이래 우리 집이 어떤 꼴이었는지에 대해서는 할 말이 없다. 다른 엄마들은 시도 때도 없이 유기농 잼을 만들고, 아기 옷을 손수 짓는 동시에 집도 훌륭하게 꾸미는 것 같은데, 나는 샤워하고 옷을 챙겨 입기만 해도 그날은 성공한 것으로 생각했다. 필라

테스 강습에도 못 갔다. 하필 강습이 아기가 낮잠을 잘 시간에 있었던 것이다. 이와 비슷한 백 가지 다른 상황들로부터 나는 배웠다. 계획은 정말 필요 없다는 걸. 그리고 계획을 실행하기 위해 스트레스를 받는 일과도 쿨하게 이별해야 한다는 걸. 결국 나는 불교에서 말하는 대로 순간을 즐기고, 다가오는 것을 받아들이기를 택했다.

다른 부모들은 무시하자

나는 아이와 함께하는 시간이 너무나 좋다. 사람들은 "아이가 태어나면 알게 될 거야. 잠도 제대로 못 자고, 하고 싶은 것을 할 시간도 없어"라며 경고했지만 나한테는 그런 일이 그다지 나쁘지 않았다. 아이에게 맞춰 지내는 일, 필요하면 아이와 이틀이라도 침대에 누워 있는 일도 별문제가 없었다. 오히려 내가 사람들로부터 경고받지 못했고 미처 생각하지도 못한 일은 바로 아이가 한 인간을 지금까지 살아왔던 길에서 아예 벗어나게 한다는 것이었다.

삶 전체가 바뀐다고들 하는데 이제 나는 그 말이 무슨 뜻인지 안다. 잠을 덜 자고, 즉흥적으로 여행을 떠나지 못하는 게 문제가 아니다. 그 전에는 어떻게 해도 알 수 없는 것이 있다. 아기가 태어나면 가슴속에 하나의 상처가 생기고, 이 상처는 계속해서 사람을 짠하게 만든다. 갑자기 자신의 삶보다 아이의 삶이 더 중요해지고, 삶의 어느 순간에든 내 몸이 어디에 있는지와 상관없이 내 마음은 아이에게 가 있다. 신문도 '이 아이가 우리 아이라면? 우리 아이에게 이런 일이 일어난다면?' 하는 생각을 하지 않고는 읽지 못한다. 아이의 행복이 자신의 행복보다 더 중요해지며, 아이와 끝까지 함께하지 못하고 먼저 떠나야 한다는 사실이 짧은 인생에서 가장 안타까운 점으로 다가온다. 자신의 마음이 상상했던 것보다 훨씬 더 넓어질 수 있다는 것을 알게 되며, 며칠쯤은 샤워하지 않고도 너끈히 견딜 수 있게 된다.

모두 멋진 일들이다. 아이가 생기면 이렇게 좋은 일들이 많다. 하지만 이런저런 단점이 없을 수는 없다. 그중 하나는 다른 아이들의 부모와 관련된 문제다.

✖✖✖

처음에 그 사람들은 혼자서 나타난다. 같은 임산부로서 말이다. 지인들 중 임신한 사람이 없다면 아마 출산교실에 가서 다른 임산부들을 만날 것이다. 출산교실은 학교와 비슷하다. 온갖 사람들이 뒤죽박죽 섞여 있다. 출산교실에 처음 갔을 때 나는 자동적으로 뒷줄에 앉으려 했다. 하지만 웬걸, 이곳에서는 다들 모여 동그랗게 앉는 것이다! 다른 임산부들은 신이 나서 자신들이 가 본 병원들에 대한 정보를 교환했고, 최신식 분만의자를 찬탄하며 출산 자세에 대해 논했다. 하지만 나는 그런 데에 별로 흥미가 없었다. 가운데에 놓인 차도 내가 좋아하는 게 아니었다.

꼭 시끄러운 메흐틸드들에 둘러싸여 있는 기분이었다. 하지만 이내 예전 학교와 비슷해졌다. 마음이 맞는 친구가 나타난 것이다. 내 옆에 별로 적극적이지 않은 임산부가 한 명 앉아 있었는데, 그녀가 눈에 띈 건 '환상 여행'을 하기 위해 바닥에 누워 있을 때였다. '환상 여행'은 편안히 누운 상태에서 이야기를 듣는 시간으로, 그날은 성에서 한 요정이 나와 우리에게 소원을 묻고 있었다. 그런데 옆의 임산부가 이상한 소리를 내는 것 같아 귀를 기울여 보니 큰 소리로 코를 고는 것이었다.

그 순간 얼음이 깨졌다. 그녀의 이름은 한니였고, 굉장히 상냥했다. 우리는 재미있게 이야기를 나눌 수 있었다. 물론 대부분은 아기와 관련된 얘기였다. 그것이 당시 우리 인생에서 가장 중요한 테마였으니까. 하지만 우리는 아기의 머리 둘레나 출산 자세 같은 것들뿐 아니라 우리 자신에 대해서, 두려워하는 것과 걱정하는 것들, 알게 된 것들에 대해서 이야기했다. 우리 둘 다 남산만 한 공을 앞에 내밀고 있지 않았더라면 정말 좋은 친구가 됐을 것이다.

한니가 좀 예외적인 사람임은 페킵 프로그램(엄마와 아이가 함께 하는 영유아 놀이 프로그램)에서도 드러났다. 이것은 아기가 참여할 수 있는 첫 프로그램이다. 페킵 프로그램에 가면 보통 여섯 내지 여덟 명의 보호자가 신생아를 데리고 매트리스가 깔린 따뜻한 방에 앉아 있다. 아이들은 발가벗겨 놀게 하고, 함께 동요를 부른다. 그런 뒤에 비눗방울 놀이 같은 걸 하고, 엄마들은 수다를 떤다. 비용은 1주일에 1회 90분씩, 8회에 125유로다. 어떤 사람은 이런 프로그램을 좋아하고 어떤 사람은 아니다. 나와 한니는 후자에 속했다.

나중에 아이를 어린이집에 보낸 뒤에도 별반 다르지 않았다. 거기서 만난 부모들은 아이들의 입맛을 무시하고 달콤하지 않은 쿠키만 줘도 된다고 했다. 그 사람들은 어떤 아이의 목소리가 큰지, 아이들의 그룹 내에서 어떤 일이 일어나는지 정기적으로 얘기했고, 무엇이 마음에 들지 않는지도 얘기했다. 부모들의 단톡방이 생겨났고, 그곳에서 레나가 로라를 때린 이유, 리누스가 자꾸 대장 행세를 한다는 얘기 같은 것들이 오갔다. 거실에 비해 어린이집의 실내 온도가 너무 낮은 건 아닌지, 아니면 그 정도가 적절한지, 인쇄해 놓으면 족히 몇 미터는 될 법한 대화가 이어졌다. 출근하기 위해 애를 어린이집에 보내는 건 나뿐인가 싶었다. 다른 사람들한테는 어린이집에 애를 보내는 게 새로운 취미인 것 같았다.

단톡방을 무음으로 설정해 놓고 저녁이면 몇 미터 길이의 대화를 훑었다. 레온하르트가 또 설사를 한다는 메시지와, 스무 명쯤 되는 사람들이 그에 관해 올린 온갖 말들과 슬픔을 표시하는 이모티콘을 보면서 나는 서서히 깨닫게 되었다. 이런 시시껄렁한 내

용들을 읽을 때마다 내가 스트레스를 받는다는 것. 레온하르트의 설사 이야기는 내게 아무짝에도 쓸모가 없으며 나는 거기에 조금도 흥미가 없다는 것. 내가 이 일들을 알지 못한다고 해서 무슨 일이 생기지는 않는다는 것. 나는 교사들을 신뢰하고, 누가 누구의 인형을 뺏는지까지는 알 필요가 없다는 것. 교사들은 내 아이에 대한 충분한 정보를 주고 있고, 스무 쌍의 다른 부모가 주는 정보까지는 필요 없다는 것. 내가 알아야 할 것이 있다면 어련히 알려주리라는 것. 아이는 오후에 놀이터에서 어린이집 친구들, 그리고 다른 친구들과도 잘 노는 것 같고 자기 엄마 때문에 사회적으로 불이익을 받을 일도 없을 테니 단톡방은 나가 버려도 된다는 것.

그래서 실제로 그렇게 했다. 아마도 내가 그 단톡방을 나간 최초의 엄마일 것이다.

처음에는 생각했던 것만큼 즐겁지 않았다. 아주 간단한 이유에서였다. 원래부터 그런 단톡방에 들어가 있던 것도 아니기에 단톡방을 나가는 일 자체는 어렵지 않았지만, 다른 부모들이 나를 어떻게 생각할지 신경이 쓰였던 것이다. '다른 부모들이 이제 나를 반사회적인 외톨이로 보지 않을까?' 하지만 내 마음에 귀를 기울이고, 나 자신에게 레오니 엄마나 루카 엄마가 나를 어떻게 생각하는지가 그렇게 중요한지를 자문한 순간(오, 전혀 아니지!), 그것이 밀려왔다. 아래에서부터 서서히 올라오는 멋진 감정. 바로, 해방감!

진짜다. 과장이 아니다. 해방된 기분이었다.

자기 내면에 귀를 기울여 내면의 소리를 적어 보자.

- 나가야겠다고 생각되는 단톡방이 있다면?

....

- 끊고 싶은 관계가 있을까?

....

- 팔로우를 끊고 싶은 페이스북 친구들이나 그룹

....

아이 없는 친구들이 뭘 알겠어?

나보다 먼저 임신하고 아이를 둔 지인들이 몇 명 있다. 그런데 이 지인들은 아이를 낳자마자 똑같이 행동하고는 했다. 흔적도 없이 사라져 버리는 것이다!

전에는 종종 함께 시간을 보내곤 했는데 이제는 저녁 식사를 하자거나 맥주 한잔하자는 제안, 카페에 가자는 초대, 혹은 다른 걸 하자는 제안들도 번번이 거절당한다. 그러면 사람들은 속으로 두세 번 '짜증 나네'라고 생각한 뒤, 더 이상 뭘 제안하지 않는다.

임신 테스트기에 두 줄이 나타나는 일이 벌어지자, 나는 과거를 떠올리며 이렇게 생각했다. '나는 그 사람들처럼 아이에게 연연해서 아무것도 못 하는 엄마가 되진 말아야지. 나는 쿨한 엄마가 될 거야.' 나는 몇몇 격언들을 마음 깊숙이 새겼다.

- 아이들은 피곤하면 잔다. 장소는 상관없다.
- 데리고 외출해 버릇하면 점차 아무 데서나 잘 자게 된다.
- 아이를 매달고 다니면 되지!
- 변화는 아이들에게 좋다!

나는 쇼핑을 한 뒤 카페에 앉아 시간을 보내고 싶었고, 아기띠를 하고 축제에 가서 풀밭에 앉아 있는 내 모습을 상상했다. 아기를 앞에 매달고 시내를 돌아다니는 모습도. L과 같이 친구 집에 가서 커다란 오픈 키친에서 저녁을 준비해 먹어야지. 아기는 친구 침실에서 재우면 될 테고. 물론 금요일 점심에도 평소처럼 안네랑 이탈리아 식당에 가야지. 아이도 데려가면 되지 뭐. 아이를 데리고 파티에도 가고. 아이가 소파에 누워서 잠이 들면 다른 사람들은 아이가 어찌 그리 무던한지 놀랄 거고, 그럼 나는 이렇게 말할 거야.

"아이들은 졸리면 자. 어디든 상관없어. 우리가 어디든 데리고 다니다 보니 우리 애는 이제 버릇이 들었어."

그럼 사람들은 내 양육 능력에 감탄한 나머지 오호! 아하! 소리를 사방에서 하겠지. 야호!

그리고 아이가 나왔다.

열흘간 집에서 휴식을 취한 뒤 나는 이제 쿨한 엄마가 될 시간이라고 판단했다. 우리는 시부모님과 시내에서 만나기로 약속했다. 함께 시내를 돌아다니면 시어머니가 유모차를 밀어 줄 테고, 난 다시 훨훨 날아다닐 수 있겠지. 약속 장소에 도착하기까지는 모든 것이 순조롭게 진행되었다. 그러나 그 직후 아기는 자지러지듯이 울었다.

이날 나는 여러 가지를 배웠다.

1. 우리는 새로운 생명체를 몸속에서 꺼내어 집에 데려올 수는 있다. 그러나 그 생명체가 어떻게 행동할지는 전혀 예측할 수 없다.
2. L을 포함한 주변 사람들은 내가 모성본능이 있어 잘 대처할 거라고 생각한다.
3. 아기가 자지러지게 울어 대면, 사람들은 처음에는 안됐다는 듯 동정의 시선을 보낸다. 그러나 몇 분 되지 않아 눈빛은 비난으로 바뀐다.
4. 외출할 때는 여분의 기저귀와 물티슈를 잊지 않는다! 매우 중요!

우리는 아이를 더 잘 알게 되었고, 아이가 무엇을 좋아하고(엄마 젖, 엄마 침대에서 자는 것, 목욕하는 것) 무엇을 싫어하는지(쇼핑하는 것, 카페, 옷 입는 것) 알게 되었다. 또한 아이가 나름의 리듬을 가지고 산다는 것도 알게 되었다. 그렇게 쌓은 지혜와 통찰을 한 문장으로 축약하면 이렇다.

자신의 리듬대로 살 수 있는 한, 아이는 컨디션이 좋다.

하지만 그러지 못하면 난리가 난다. 왕왕 아이가 없는 친구를 이해시키기 힘든 상황에 처할 때가 있다. 예를 들자면 이런 때.

나 : 가비가 금방 온다는데 아쉽지만 우린 이제 가야 해.

친구 : 왜? 아기는 잘 놀고 있는데.

나 : 그래. 그래서 지금 가야 해. 떼를 쓰기 전에. 정확히 30분만 지나면 그렇게 될 거거든.

이럴 때면 친구들이 속으로 의아하게 생각하는 게 느껴진다. 아이를 키우기 전까지는 그렇게 생각하는 게 당연하다.

나는 금요일 점심에 안네와 이탈리아 식당에 가지도 못했다. 늦어도 오후 한 시에는 아기가 낮잠을 자야 했기 때문이다. 여기서 중요한 것은, 자기 침대여야 한다는 것이다. 다른 곳에 있으면 아기는 잠들었다가도 금방 깨어나거나 흥분해서 도무지 잠을 자지 않는 바람에 그 여파로 오후 전체가 완전히 엉망이 되어 버린다. 식당이나 카페나 파티 자리에 있어 보려고 얼마나 애를 썼던가? 그 치만 어려운 일이었다. 더구나 사람을 만난다는 건 다른 사람에게 집중해야 한다는 이야기인데, 계속해서(혹은 짧은 간격을 두고) 아이에게 집중해야 하는 상황에서는 카페에서 누구를 만나 의미 있고 긴밀한 대화를 나눌 확률이 제로에 가깝다. 반면 친구 집으로 초대를 받으면(급작스럽게 부른 게 아니라 계획된 초대인 한) 그런대로 가능성이 있다.

- 약속시간보다 일찍 친구 집에 도착해서, 아기가 평소보다 좀 흥분해 있더라도 그럭저럭 재울 수 있다면.
- 아기가 아직 뒤집기를 못 해서 침대에서 떨어질 염려가 없다면(아기가 뒤집기를 할 수 있게 되자, 침대에 누이는 게 불안해 바닥에 요를 깔아 줄 수 있는지 물어보아야 했다. 그리고 내가 이런 부탁을 하면 또 친구들이 속으로 나를 이상하게 생각하는 게 느껴진다).
- 몇 시간 뒤 잠이 든 아기를 다시 깨워 차에 태워 집으로 데려오고, 수면 부족이 일으킬 응분의 대가를 다음 날 치를 마음이 있다면.
- 8시 반부터 슬슬 눈이 감겨 오는 사태를 감당할 수 있다면.

나는 아기를 낳은 뒤 우리가 저녁 모임에 별로 참석하지 않게 되었다는 사실에 놀랐다. 8시 반 이후까지 야외에 있어야 하는 활동도 거의 하지 않았다.

아이가 없는 사람들은 이를 이해하기 힘들다. 재미 삼아 컴퓨터가 내장된 아기 인형을 키워 본 10대들이라면 약간이나마 공감할 것이다. 인형은 계속 울어 대고 진짜 아기처럼 돌봐 주어야 한다. 여자애들은 이를 통해 아기를 키운다는 게 어떤 것인지 미리 체험하기도 한다. 나더러 춤추러 같이 가지 그러냐고, L이 대신 아기를 돌보면 되지 않느냐고 묻는 모든 인간들에게 인형을 안겨 줄까도 생각해 보았다. 며칠만이라도 육아 체험을 해 보라고 말이다. 하지만 아기 인형이 너무 비쌌다.

의무감 때문이 아니라 진짜로 아이와 함께 시간을 보내고 싶은 마음도 이해시키기 힘들다. 제3자들이 보기엔 그 시간이 재미있어 보이지 않을지 몰라도 나는 아이와 함께 있고 싶다. 또한 우리가 하는 몇 안 되는 여가 활동도 그곳에 아기가 뛰어놀 만한 공간은 충분한지, 다른 아이들도 있는지, 바닥이 아기가 넘어져도 충격을 완화해 줄 만한 곳인지 등에 의해 좌우된다는 사실도 설명하기 힘들다. 칵테일 맛보다 그런 것들이 더 중요하다는 사실을 말이다.

✖✖✖

아이가 좀 크자 많은 것들이 변했다. 아이는 친구 집 침실에서 자다가 우리도 모르게 혼자 걸어 나갈 수 있게 되었고 뾰족한 것, 위험한 것, 소중한 것 등 무엇에든 손을 댈 수 있게 되었다. 맥줏

집에서 거리로 나와 뭔가를 삼킬 수도 있었고, 넘어져서 어딘가에 머리가 부딪칠 수도 있었다. 때문에 우리는 지인들을 만나도 집중을 잘 못하고 아이에게 신경 쓰느라 반쯤 정신이 나가 있다. 아이가 울까 봐 그러는 게 아니라 아이가 무슨 사고라도 당할까 봐 그러는 거다.

그럼에도 아이 없는 친구들에게 "아이를 키우는 건 멋진 일이야!"라고 말하면 그들은 서로 의미심장한 시선을 주고받는다. 참 모순적으로 느껴질 것 같은데, 이 모순 또한 설명하기 힘들다. 어느 순간 나는 내가 쿨한 엄마가 아니며 그렇게 될 수 없다는 것, 즉 아이 없는 사람들이 쿨하다고 생각하는 그런 의미의 쿨한 엄마는 될 수 없다는 걸 깨달았다. 아이가 없는 친구들에게 왜인지를 설명할 수는 없다. 설명하면 내가 정말로 미쳤다고 생각하지 않게 하려는 변명처럼 들릴 것 같으니까. 그래서 굳이 설명하지 않는다. 아이 없는 친구들의 이해를 구하기 위한 노력이랑은 쿨하게 이별해 버린다.

여기, 상대방이 웃을 수밖에 없는, 동시에 더 이상 두말하지 않게 하는 대처법이 있다.

- 토요일에 멋진 파티가 있다고? 와, 죽인다! 그런데 난 안 가.
- 내일 12시에 브런치? 좋겠다. 즐거운 시간 보내!
- 커피 마시러 가자고? 좋아, 하지만 오전 10시에서 11시 사이에만 돼.

영화, 축구 관람, 무슨 콘서트, 포에트리 슬램도 단번에 거절할 수 있다. 그냥, 그렇게. 내가 거절할 때 자주 쓰는 문구가 있다.

"우린 못 갈 거야. 하지만 우리가 너희 좋아하는 거 알지?"

상대방이 납득할 만한 이유를 언급하지 않아도 이렇게 말하면 어느 정도 듣기 좋게 들린다. 물론 아이가 없는 친구들 중에도 뭔가를 같이 할 수 있는 친구들도 있다. 놀라운 시간들이고 놀라운 사람들이다. 그들은 본능적으로 무엇이 되고 무엇이 안 되는지를 느낀다. 그리고 아이가 가스가 찼다거나, 치통이 있다거나, 아무튼 나도 잘 모를 이유들로 인해 우리의 계획이 수포로 돌아가도 실망하거나 상처받지 않는다.

때로 나는 대안으로 우리 집에 아침을 먹으러 오라고 한다. 아침 7시에. 우리는 그때 아주 쌩쌩하니까!

나는 그들 모두에게 이렇게 말해 주고 싶다.

우리를 포기하지 마. 조건이 맞으면 다시 만나 놀자.

여섯 번째 똥차

골라 놨더니 왜
이 꼴인가 싶은 남편
(혹은 남친)

똥차 리스트 ❻ 남편(혹은 남친)

- 상대를 믿자
- 이해하지 않아도 사랑할 수 있으니까
- 나 자신부터 사랑해야 한다는 헛소리
- 남친 선택과 음식 선택의 공통점
- '우리'의 취미 말고 '나'만의 취미
- 상대의 잘못을 눈감아 주는 법

✖✖✖

사랑을 하다 이별해 보지 않은 사람은 거의 없으리라. 스스로 이런저런 후보들에게 이별을 통보했건, 유감스럽게도 이별을 통보 받았건 말이다. 대부분 한 번씩은 이편에도, 저편에도 속해 보았을 터. 물론 둘 중 한쪽에 속하는 게 다른 한쪽에 속하는 것보다 훨씬 더 낫기는 하지만 말이다. 상대가 나를 고속도로를 달리는 차처럼 지나치고, 다른 신사 숙녀들도 좌우 양쪽으로 쉭쉭거리며 질주해서 나 자신은 비틀거리는 수밖에 없던 세월도 있었을 것이다. 전 남친들에게 어떤 영감을 받아 어떤 욕설을 내뱉었는지는 이 자리에서 얘기하지 않으련다.

아무튼 그러다 어느 순간, 약간 잘되면, 그래도 꽤 괜찮다 싶은 사람, 그래서 잃고 싶지 않은 사람이 나타나고, 그러면 비로소 문제가 정말 복잡해진다.

L과 나는 결혼한 부부와 비슷한 삶의 공동체를 이루며 12년째 살고 있다. 나는 L을 예나 지금이나 멋지다고 생각하고(가끔 그의 목을 비트는 시늉을 하지만) 그는 여전히 내 최고의 짝이다. 내 백마 없는 왕자님.

그런데 나는 왕자도 양말을 아무 데나 던진다는 얘기는 들어 본 적이 없다. 사랑해서 짝을 이루어 사는 것은 우리 삶의 가장 중요한 부분 중 하나인데, 그 일을 어떻게 하는지 가르쳐 주는 곳이 아무 데도 없다는 건 커다란 미스터리다. 모든 것을 시행착오를 통해 스스로 알아내는 수밖에 없다. 꿀벌들의 꼬리춤에 대해 배우는 생물학 수업시간을 사랑에 관해 알려 주는 시간으로 바꾸는 게 더 현명한 교육이 아닐까 싶을 정도로 맨땅에 박치기다. 최소한 다음과 같은 지식은 좀 가르쳐야 하지 않을까?

- 왕자(공주)도 인간일 뿐이다.
- 사랑에 빠진 상태는 오래가지 않는다(당연한 일이다).
- 상대를 벽으로 밀쳐 버리고 싶을 때가 있다(그 역시 자연스런 일이다).
- 섹스는 차츰 잠잠해진다.
- 쿨하게 싸우는 방법 베이직 코스.
- 맘 편히 포기하거나 무시하는 게 나은 것들.

상대를 믿자

이건 정말 고전적인 얘기다. 내가 얼마나 많은 소중한 시간들을 L의 행동과 말과 반응을 해석하느라 허비했던가! 짧은 예를 들어 보겠다. 이런 식이다.

우리는 작고 예쁜 레스토랑에서 저녁을 먹기로 했다(아이가 태어나기 전이었으므로, 아직 레스토랑에 드나들 때였다). 그런데 그날 저녁 L은 처음부터 어딘가 모르게 좀 이상하게 행동했다. 처음에는 내가 약속시간에 늦어서 그런 줄 알았다. 하지만 그는 내가 늦은 것에 대해서는 아무 말도 하지 않았다. 그저 이상하리만큼 말수가 적었을 뿐이었다. 식사하는 내내 분위기가 뭔가 미적지근했다.

"한잔하고 가야지."

나는 L의 손을 잡고 말했다. 무슨 일이 있든지 한잔하다 보면 이야기해 주겠지 싶었다. L도 그러자고 했다. 하지만 L은 바에서도 (아이가 태어나기 전이었으므로, 아직 바에 드나들 때였다) 거의 말이 없었고, 빨대로 칵테일만 빨아 댔다. 급기야 나는 "무슨 일 있어?"라고 물었는데, 그는 시큰둥한 표정으로 "아니"라고 대답했다.

"화났어? 내가 뭐 잘못했어?"

캐물었지만 L은 아니라고 했다. "아냐, 화나지 않았어." 하지만 그는 계속 멍하니 이맛살을 찌푸리고 있었다. 집으로 가려고 자동차에 올랐을 때 나는 그의 머리칼에 손을 넣고 "사랑해"라고 말했다. 그러자 L은 잠시 미소를 짓고 내 손을 꽉 잡고 나서는 운전을 계속했다. 여전히 무슨 일인지 감도 오지 않았다. 사랑한다는 말에 대답이 없었던 것이 나를 더 불안하게 만들었다. 마치 우리 사이에 거대한 장벽이 쳐진 것 같은 느낌이었다. 도무지 이유를 알 수 없었다.

그는 계속해서 나를 무심하게 대하더니 집에 와서는 내가 부엌에서 식기세척기를 돌리는 동안 컴퓨터를 켜고 뭔가 하는 눈치였다. 마음이 아팠다. 이제 우리 사이는 끝으로 치달으려나 보다 했다. 다른 여자가 생긴 걸까? 그래서 늦게까지 컴퓨터 앞에 있는 걸까? 그렇다면 나에겐 언제 이야기할까? 이런 생각들을 하다가 잠자리에 들었다. L은 여전히 생각에 잠겨 내게 전혀 신경을 쓰지 않았고, 늦게서야 잠자리에 들면서도 내게 몸이 닿지 않도록 자기 자리를 고수했다. 그의 발 위에 내 발을 올리자 발을 빼냈다. 순간 왈칵 눈물이 나왔다. 그의 생각이 어디에 있든지 간에 아무튼 내게는 없는 것이다. 아마도 다른 여자에게 가 있겠지. 나는 하염없이 우는데 L은 코를 골기 시작했다.

다음 날 저녁에야 L을 다시 볼 수 있었다. 그는 내가 집 안에 들어서자마자 이야기를 좀 하자고 했다. 나는 드디어 올 것이 왔구나 생각하며 모든 것을 각오한 채 식탁에 앉았다.

'L이 방을 빼서 나갈까, 아니면 내가 나가기를 원할까.' 그런 생각을 하는데 L이 내 눈을 쳐다보았다.

"해 볼 건 다 해 봤어. 이젠 뭘 더 어떻게 해야 할지 모르겠어."

그가 말을 꺼내자마자 내 눈에는 눈물이 그렁그렁 맺혔다.

"문제라고 생각하는 건 모두 제거했는데 아직도 소리가 나. 내 생각에는 기어가 문제 같아."

우리는 잠시 서로를 뚫어져라 쳐다봤고, 동시에 이렇게 말했다.

나 : 뭐라고?

L : 우는 거야?

그랬다. 우리의 그 빌어먹을 고물차가 고장 난 것이다. 그게 전부였다. 당신이 끝내자고 할 줄 알았다고 말하자 L은 깜짝 놀랐다. 심지어 약간 화까지 냈다. 우리는 이 사건을 나의 활발한 상상력 탓으로 돌리고, 얼싸안은 채 여러 가지를 약속했다. 나는 더 이상 제멋대로 해석하고 그것을 신빙성 있는 것으로 여기지 않기로. L은 앞으로 입을 더 많이 열기로.

누가 왜 그런 행동을 하는지, 그 행동의 배후에 무엇이 있는지를 해석하려는 자신을 발견할 때마다 나는 늘 이 일을 떠올리고는 한다. 이것저것 의심하면서 존재하지도 않는 위험을 추측하려 드는 것은 자연스러운 일이다. 진화하는 과정에서 인간이 생존하는 데 유용했으리라.

그러나 샤벨타이거의 시대는 갔다. 뭔가를 알고자 한다면 물어보면 된다. 그리고 그 대답을 믿어야 한다. 남자들은 종종 생각하는 걸 그대로 내뱉는다. 이 젠장맞을 사건 직후에 L은 내게 "당신 친구 야나, 무척 괜찮더라"라고 말한 적이 있다. 나는 잠시나마 그가 야나와 잠자리를 갖고 싶어 하고, 결혼하여 해로하기 위해 모든 노력을 다할 것이며, 나는 고독하게 늙어 가다 간혹 그들의 집에 저녁 초대를 받을 거라고 믿을 뻔했다.

이런 말도 안 되는 생각을 하는 대신 상대방이 말한 그대로를 믿자. 그편이 홀가분하다. 마지막으로 당신의 해석이 빗나간 경험을 한 게 언제인가?

여기서, 상대가 이런 말을 할 때의 진짜 속내는 뭔지 잠시 살펴보자.

말		생각
• 아무것도 아냐.	---------->	아무것도 아니다.
• 네 친구 괜찮더라.	---------->	네 친구는 괜찮은 사람 같다.
• 피곤해.	---------->	난 피곤하다.
• 멋지네!	---------->	멋진데?

이해하지 않아도 사랑할 수 있으니까

사람이 다른 사람의 언행에 대해 "정말 이해를 못 하겠어"라고 반응하는 것은 "정말 이상하네"라는 뜻일 때가 많다. 그런데 우리는 사랑하는 사람을 무조건 이해하고자 한다. 우선 모든 것을 알려 하고("난 당신의 모든 걸 알고 싶어!") 그런 뒤 모든 걸 이해하고

자 한다. 그러나 모든 걸 알고자 하는 단계에서 이미 상대가 그걸 원치 않을 거라는 예감이 온다. 이해도 마찬가지다. 이해는 불가능하다. 우리는 이해할 수 없고, 대개 아무것도 이해하지 못한다. 나의 전 남친 하네스가 그런 경우다. 나는 처음부터 그가 하는 말들을 이해할 수가 없었다.

L에게도 이해가 안 가는 면이 있다. 나는 그가 왜 자기의 절친인 스벤과 더 자주 연락하지 않는지 이해가 안 간다.

남자들이 친구를 만나는 모습을 보면 좀 코믹한 데가 있는 것 같다. L은 스벤과 만나면 몇 시간이고 그냥 맹숭맹숭하게 앉아만 있는다. 일 년에 딱 두 번 보는데도 말이다. 중간중간에 문자를 하거나 전화를 하지도 않는다. 내가 L에게 스벤은 어떻게 지내는지, 결혼생활은 행복한지, 일은 재미있다 하는지, 부모님은 어디 아프신 데 없는지 등을 물으면 L은 지금 제정신이냐는 표정으로 나를 본다. L이 내면화한 우정의 원칙은 이것이다.

별다른 소식이 없으면 잘 지내고 있는 것이다.

L은 스벤이 전화를 할 때에만 걱정을 한다. 그러면 무슨 일이 있는 거니까. 예외적으로 스벤에게서 들르겠다는 연락이 오면 L은 제일 먼저 맥주를 차게 해 둔다. 그럴 땐 정말로 무슨 일이 있는 게 틀림없으니까 말이다. 그렇다고 둘이서 밤새 스벤의 문제를

가지고 이리저리 궁리를 하고 머리를 굴릴 거라 생각하면 그 역시 오산이다. 스벤이 자기 얘기를 털어놓으면, 둘은 그냥 술을 퍼마시며 가끔 한숨을 쉴 뿐이다. 이미 말했지만 나로서는 도무지 이해가 안 된다.

나는 L이 42킬로미터를 달리는 것도 이해가 가지 않는다. 자기 발로 말이다! 내가 L을 사귀기 시작했을 때 그는 마라톤 대회를 준비하는 중이었다. 그때까지 내게 마라톤 대회란 전략적으로 시내 곳곳의 중요한 도로를 막아 버리는, 정말 짜증 나는 행사에 불과했다.

완주하고 나면 얼마나 기분이 좋은지, 얼마나 날아갈 것 같은지를 L이 열광적으로 설명하는 동안, 나는 역시 그 행사가 내 생각대로 시내의 중요한 도로를 전략적으로 다 막아 버리는 짜증 나는 행사에 불과하다는 결론을 내렸다. 솔직히 완주를 한다고 해서 뭐 그리 기분이 좋을지 잘 이해가 가지 않는다. 나는 그냥 집에 편하게 퍼질러 앉아 내가 42킬로미터씩이나 달릴 필요가 없다는 데서 은밀한 기쁨을 느끼는 편이 더 좋다.

L이 초특급 멍청이인 요나스와 친구로 지내는 것도 이해하기 힘들다. 요나스와 나를 묶어 주는 것이 있다면 그것은 상호 간의 혐오다. 또 L이 낚시를 좋아하는 것도 이해가 가지 않는다. 사람들이 물고기를 낚은 다음 낚시 바늘을 빼는 모습을 본 적 있나? 그럴 때 사람들은 자동적으로 자신의 혀로 입천장을 누르면서 얼굴을

찌푸린다.

반면 L은 내가 인터넷으로 몇 시간이나 집들을 검색하는 걸 보면 이해할 수 없다는 듯이 고개를 흔든다. "우린 집을 살 수 없다고!" 그에 대한 내 대답도 이해하지 못한다. "누가 산대? 그냥 보기만 하는 거야!" 난초를 키우든, 전통민요를 들으러 마리안네와 미하엘의 콘서트에 가든, 사랑하는 사람들에겐 우리가 이해할 수 없는 점들이 산더미처럼 있다. 특히 마리안네와 미하엘처럼 아름답지 못한 일들이나 멍청한 결점들이 말이다.

L이 구사하는 문제해결 전략은 나를 신경쇠약 직전에 이르게 만든다. L은 그냥 머리를 모래 속에 처박고 현실을 외면해 버린다. 꼭 중요한 문제들에만 그런다. 당신이라면 이해할 수 있겠는가? 그럴 수 없을걸! 정말 짜증 나고, 신경 쓰이고, 그가 그럴 때마다 모가지를 비틀고 싶다. 내가 그런 L을 바꿀 수 있을까? 유감스럽게도 아니다. 그러나 나는 L을 포기할 수 없기에 L에게 딸려 있는 특성들도 감수해야 한다. 전부 이해하지 않아도 된다.

나는 내가 완벽하지 않은 것처럼 그 역시 완벽하지 않다는 사실을 그냥 받아들인다. 그래서 그가 낚시에서 돌아와, 거의 잡을 뻔했지만 놓쳐 버린 물고기에 대해 신나게 떠들면 그 이야기를 들어준다. 그가 즐거워하는 모습을 보며 덩달아 내 기분도 좋으면 그만이다.

나 자신부터 사랑해야 한다는 헛소리

'자신을 사랑하는 사람만이 다른 사람도 사랑할 수 있다'는 말을 수없이 들어 보았을 것이다.

표현은 조금씩 다르겠지만 이 말은 격언이 되다시피 했다. 이 문장을 읽을 때마다 내 머릿속에는 저녁노을 사진이 담긴 촌스러운 디자인의 엽서가 떠오른다. 저녁노을 위에 꼬불꼬불 촌스런 서체로 휘갈겨 쓴 이 문장이 박혀 있는 모습.

정말 터무니없는 소리다. 이 말이 맞다면 대다수의 인간들은 사랑하는 능력이 없을 것이다. 사람들 대부분이 자기를 사랑하는 데 문제가 있거나, 나아가 자존감에 문제가 있기 때문이다. 대부분의 사람들이 가끔씩이나마 자신은 그리 멋진 것 같지 않다고 생각한다. 탈의실 거울 앞에만 서면 자신감을 잃는 사람도 있다. 어떤 사람들은 계속해서 스스로를 깎아내리기에 바쁘다. 아마 세 명 중 한 명쯤은 다른 사람이 될 수 있으면 좋겠다고 생각할 것이다. 자신을 똥만도 못하게 생각하는 사람들도 있다. 간단히 말해 우리 모두가 10점 만점에 10점은 아니라는 거다. 그럼에도 사람들 사이에는 '무엇무엇 하지 않고, 무엇무엇을 한다면' 사랑이 이루어질 거라는 잘못된 믿음이 퍼져 있다. 마치 노력하면 사랑을 손에 넣을 수 있다는 듯 말이다.

우리는 우리 자신에게 B급이나 C급이라는 꼬리표를 붙이고 있다. 별 매력 없던 전 남친이나 전 여친이 이런 사실을 확인시켜 주는 듯하다. 그리하여 우리는 심리 치료실로 몰려가서, 자기 자신이 꿈꾸던 빛나는 존재가 되어 A급인 사람과 행복한 관계를 맺고 싶어 한다. 스스로에게 만족하는 행복한 사람만이 남친이나 여친과 행복한 관계를 맺을 수 있다지 않나. 아아……. 저녁노을 엽서가 다시 떠오른다.

하지만 다행히 이 하늘 아래 세상에서는 자신을 그렇게 대단히 여기지 않더라도 누군가를 사랑할 수 있다. 유년 시절의 트라우마를 짊어지고 살더라도 사랑할 수 있다. 그렇지 않다면 세상은 커플 없는 고독한 장소가 되었을 것이다.

스스로에게 대략 오케이를 내릴 수 있는 정도, 최소한 다른 사람들보다 썩 나쁜 편은 아니라고 말할 수 있는 정도면 된다. 그리고 파트너에 대해서도 그렇게 말할 수 있다면, 행복에 이르는 데에 걸리적거리는 것은 아무것도 없을 것이다.

남친 선택과 음식 선택의 공통점

시간이 좀 흐른 뒤에 결산을 해 보자. 남친이나 여친을 여전히 멋지다고 생각하는가? 대단하다. 가끔은 그를 달로 보내 버리고 싶다고? 그건 아주 정상이다. 이제 상대를 멋지다고 생각하는 마음과 달로 보내 버리고 싶은 마음 사이의 비율을 따져 보자. 앞의 것이 압도적이라고? 축하합니다! 당신은 운이 좋은 사람이다.

L을 만나기 전까지는 '멋짐' 대 '불쾌함'의 비율이 끔찍할 정도로 균형을 잃다가 결국 달로 보내 버리고 싶은 마음만이 남곤 했다. 때로는 천천히 그렇게 되었고, 때로는 순식간에 그렇게 되었다. 갑자기 그런 상태가 되면 아직 갈 때가 아닌데도 미용실에 가거나, 집 안을 쓸고 닦거나, 아무튼 눈물바다에서 익사하지 않기 위해 필요한 일들을 해야 했다. L이 내 삶의 일부가 된 후에는 연인 선택을 식당 방문과 비교하는 에카르트 폰 히르슈하우젠의 충고를 따랐다. 메뉴판을 훑은 뒤 뭐가 있는지 보고 나서, 마음에 드는 것에 근접하는 메뉴를 고르면 끝이다. 그 뒤에는 메뉴판을 덮고, 또 어떤 메뉴가 있는지, 놓친 것은 무엇인지 신경 쓰지 않는다.°

메뉴판을 덮어 버리자 모든 것이 쉬워졌다. 메뉴판을 덮으면 스트레스의 상당 부분이 사라진다. 이제 됐다고 난 스스로에게 말했다. 오늘까지도 그 점에는 변함이 없다. 다른 남자들이 내게 맥주를 사 줄지 모르는데도 L은 내게 물조차 건네지 않는다는 사실을 받아들일 때에 놀라운 일이 일어난다. 내 말을 믿어 보자. 내일 카페 아인슈타인에 조지 클루니가 온다 해도(한네의 짝퉁 조지 클루니가 아니라 진짜 조지 클루니) 그가 L처럼 어리석게 나랑 손잡고 식장에 들어가는 일은 없으리라는 건 확실하다. 그건 그렇고 혹시

° 에카르트 폰 히르슈하우젠의 《행복은 혼자 오지 않는다》(은행나무, 2010)

치아교정 전의 조지 클루니 사진 본 적 있는지?

파트너를 찾는 것은 슈퍼마켓 진열대 앞에서 잼을 사는 일과 비슷하다. 사람들은 처음엔 맛있고 평범한 딸기잼이면 된다고 생각하지만 진열대 앞에 서면 복잡해진다. Bio 마크가 붙은 것을 살 것인가, 과육이 살아 있는 걸로 살 것인가? 상표가 예쁜 것을 사고 싶기는 한데 그건 유기농이 아니고, 다른 한쪽에는 유명 브랜드의 잼들이 있다. 그중 괜찮아 보이는 것은 포장 용기가 촌스럽다.

계속 이런 식이다. 꼼꼼히 뜯어보고 분석하느라 많은 시간을 보낸 뒤 심사숙고해서 한 병을 골라 집에 와서 먹어 보면? 정확히 딸기잼 맛이다.

좋다. 이런 경우에는 다른 잼을 샀으면 어땠을까 하는 생각에 골머리를 앓을 일은 없다. 그런데 사랑하는 일에는 이런 골치 아픈 일이 일어난다. 사랑하는 파트너가 세탁 바구니를 향해 던졌으나 그 옆에 착지해 버린 냄새 나는 양말들을 한 백 번째쯤 쓸어 담고 있자니, 그가 입을 헤 벌리고 텔레비전 앞에서 잠들었던 어제저녁이 떠오른다. 그건 그렇고 요즘 들어 부쩍 더 살이 찐 것 같던데? 그 순간 라디오에서 우연히 어떤 노래가 들려오겠지. 사람들로 하여금 '그'를 떠올리게 하는 노래. 그가 누구냐고? 묻지 마라. 늘 한 사람은 있다. 그 함정에 걸려들면 안 된다. 그 사람이 누구인지는 모르겠지만 원래 있던 자리로 보내자. 쿨하게 보내 주자!

'우리'의 취미 말고 '나'만의 취미

부부나 연인이 서로 같은 취미를 가지면 좋지 않을까? 팔짱 끼고 나란히 취미 활동도 하러 가고 말이다. 멋지겠지. 그런데 어떤 취미를?

L과 내가 함께하는 유일한 취미는 산책이다. 계속 밖에 나가고 싶어 하는 강아지 때문에라도 가지 않을 수 없다. 그것 말고 공통의 취미를 찾는 건 힘들다. 물론 전에는 우리 둘 다 좋아하는 게 있을 거라고, 둘 다 즐길 수 있는 취미를 발견할 수 있을 거라고 생각했다. 커플이 같이 승마를 하거나 역할게임을 하거나 도자기를 굽는다면 얼마나 멋질까? 그래서 정말로 노력했다. 전 남친과는 앞에서 말한 역할게임을 해 보았다. 나는 역할게임이 마법사로 변장하고 숲을 누비면서 요괴와 싸우는 놀이라고 생각했다. 그런데 내가 참여했던 '검은 눈'이라는 이름의 역할게임은 창백한 사람들과 같이 테이블에 둘러앉아 주사위를 던진 뒤 어떤 돌을 어디로 보낼지, 그것이 무슨 의미인지를 알아내기 위해 두 권의 두꺼운 책을 뒤적이는 식이었다. 그러니까 무슨 옷을 입고 역할게임을 할지 잔뜩 기대에 부푼 것은 부질없는 짓이었다.

나중에 돌아보니 그 시간들은 내 인생이라는 책에서 가장 지루한 페이지였다. 야나는 자기 전 남친의 취미보다 더 지루한 것은 없을 거라고 말하고는 한다. 그는 몇 시간이고 3D퍼즐을 하곤 했다. 야나는 그래도 같이 천 조각짜리 노이슈반슈타인 성 퍼즐을 완성했다. 이런 독특하고 지루한 취미는 잠깐 즐기다 말겠지 하는 희망을 매번 품으면서 말이다. 그리나 그런 일은 일어나지 않았다. 사람이 뭔들 못 할까!

나 때문에 난생처음으로 말을 탔을 때 L도 그렇게 생각했을 것이다. 나는 확신했다. 일단 한번 타 보기만 하면 L도 승마에 푹 빠지리라고.

내게는 중요한 취미였으므로(L에게 조금쯤은 압력을 넣었을 것이다) 그도 어느 아름다운 일요일에 시험 삼아 시도해 보았다. 나는 말과 승마 선생님을 섭외했다. 햇살은 눈부셨고 모든 것이 완벽했다. 우리가 함께 말을 타고 숲을 누비는 장면이 눈에 선했다. 나중에 시골에 살면서 말 몇 마리 키우면 좋을 것 같았다.

승마 교습이 끝날 즈음, 나는 꿈에 부풀었다. 나는 말을 돌보고 L은 목초지의 하얀 울타리를 고치며 살면 얼마나 좋을까? 그러나 교습이 끝났을 때, L은 자기가 다시 말을 타면 손에 장을 지지리라 결심했다. 사타구니가 완전히 쓸려서 일할 때도 서서 해야 할 정도였다. '시동을 마음대로 걸고 끌 수 있는 자동차를 놔두고 왜 말을 타야 되는 거지?' '멍청하게 발꿈치는 왜 늘 땅을 향하고 있어야 하는 거야?' L의 생각은 그랬다. 말 사육에 이르는 길은 평탄치 않아 보였다.

이렇게 덴 것에 대한 반격으로 L은 내게 자신이 하는 운동을 같이 해 보자고 했다. 달리기는 분별 있게 거부했다. 하지만 L은 수영도 다닌다. 수영은 내게 맞을 수도 있을 테니까……. 수영장에 망아지는 없을 테지만, 한번 해 보지 뭐.

그리하여 수영모와 수영복을 챙겨 L과 함께 수영장에 갔다. 마지막으로 수영장에 갔던 열두 살 때처럼 수영장 특유의 소독약 냄새가 기분 좋게 풍겨 왔고, 웅성거리는 소리가 들려왔다.

L은 곧장 출발했다. 그때부터 L의 얼굴이 빼꼼히 반쪽씩 좌우 번갈아, 그리고 팔이 잠깐씩 보였다. 다른 여자들도 다 똑같았다. 게다가 다들 어두운 단색 수영복을 입고 있었다. 물안경을 끼지 않고 정글 모티프가 프린트된 비키니 수영복을 입은 사람은 한 사람뿐이었다. 바로 나!

나도 해 보았다. 이 끝에서 저 끝까지 왔다 갔다 하며 수영을 했다. 지루해서 익사해 버릴 것만 같았다. 수영장에는 시각적으로 즐거운 게 아무것도 없었다. 산책할 때는 최소한 풍경이라도 바뀌지. 수영은 마치 황량한 홀에서 산책하는 느낌이었다. 100미터 전진했다가 몸을 돌려 돌아가야 하는 산책!

이런 생각을 하다가 셀룰라이트를 없애기 위해 월풀 욕조에 앉아 있다 사우나에 들어갔다. 헤어 팩도 했다. 아주 유쾌했지만 L과 내가 같이 즐길 수 있는 취미가 아니었다.

✖✖✖

"뭐라도 하나는 같이 하면 좋은데."

나는 차를 몰고 집으로 오는 길에 탄식하며 말했다. 신호등 앞에 멈추었을 때 L이 "저기 저 사람들처럼?"이라고 말하며 창밖을 보았다. 그곳에는 오토바이를 탄 무리가 있었다. 다들 반짝거리는 오토바이를 타고, 나름의 격식에 맞게 검은 가죽옷을 입고 있었다. 오토바이 조수석마다 여자들이 웅크리고 앉아 있는 모습을 보자 눈이 번쩍 뜨였다. 나도 저런 모습으로 앉아 있었던 적이 있다. L을 만나기 전에 사귄 남자 친구 H와 함께였다.

제길, 그때도 나는 뭐라도 같이 하는 게 있어야 한다며 H의 전 여자 친구에 뒤이어 그의 오토바이 뒷좌석에 앉아 주말을 보냈다. 여름에는 땀을 뻘뻘 흘리며, 겨울에는 꽁꽁 언 몸으로 '정모'에도 갔다. 정모에서는 다들 각자의 오토바이 주위에 서서 완충 스프링에 대해 상의하고 어느 검사기관이 소음이 좀 심해도 쉽게 오케이를 때려 주는지 정보를 나눴다. 역할게임이 낫지 싶을 지경이었다. 어느 멍청한 놈은 뒷바퀴를 계속 헛돌리다가 고무가 아스팔트에 달라붙어 펑크가 났는데도 그 오토바이를 타고 집에 갔다. 그 주말들을 소파에서 뒹굴거리며 드라마나 보고 지냈더라면 얼마나 좋았을까? 누가 알아? 어쩌면 소리만으로도 주변을 파악하는 법을 배우거나 수화를 배웠을지?

신호등이 바뀌어 출발하자 여자들의 헬멧에서는 예외 없이 '툭' 소리가 났다. 마치 출발을 확인하듯, 운전자의 헬멧과 부딪친 것이다. 그러자 내 가슴속에서도 '툭' 하는 소리가 났다.

그래. 나는 다시는 신성한 여가 시간을 공통의 취미를 찾는답시고 낭비하지 않을 것이다. 공통의 취미 따위는 무시해도 좋다. 나는 나의 신성한 여가 시간 중 단 1분이라도 같이 즐길 만한 취미를 가져야 하지 않을까 고민하면서 낭비하지 않을 것이다.

쿨하게 신경 꺼 버려야 한다.

상대의 잘못을 눈감아 주는 법

L을 만나기 전에 이런저런 남자들을 만나면서 정말 별별 일을 다 겪어 보았다. 내가 운이 없어서 계속 이런 이상한 놈들을 사귀게 되는 것인지 의아하기 짝이 없었다. 언젠가 라디오 방송에서 출연자가 주변에 이상한 사람이 너무 많다는 얘기를 하는 것을 들었을 때, 나는 전 남자 친구들을 떠올리며 고개를 끄덕였다. 놀랍게도 아주 많은 여성들이 정확히 똑같은 생각을 한다. 왜 만나는 남자마다 이 모양이냐 이거다.

내가 아는 여성들과 의견을 조율하여 흔히 만날 수 있는 몇몇 유형을 정리해 보았다.

• 기타를 치거나, 그림을 잘 그리거나, 단편소설을 쓰거나 하는 긴 머

리에 마른 타입. 감정에 기복이 있고, 가끔 등산을 하거나 서핑을 하는 경우도 있다. 그가 사랑에 빠지면 상대 여성은 자작곡을 선물로 받거나 그의 소설 속 주인공이 된다. 이런 타입은 옷과 옷장, 일과 돈, 청소와 청결이 긴밀하게 연결되어 있다는 것을 잘 모른다.

- 탄탄한 근육에 드래곤이나 트라이벌 타투를 가진, 스포츠로 단련된 타입. 애인을 침실로 번쩍 안고 들어갈 수 있다. 그 밖에는 같이 할 만한 것이 별로 없다.

- 민감한 피부를 가진 약간 창백한 타입. 자기 집 정원에 손수 연못을 만드는 게 일생일대의 모험에 속한다. 4년 전쯤 할 뻔했던 번지점프 이야기를 언제까지고 계속한다.

- 자기가 대단한 사람이나 되는 양 거드름을 피우는 타입. 클럽에 공짜로 들어갈 뿐 아니라 클럽 입구를 지키는 사람들에게 반갑게 악수를 하며 들어간다. 그 밖에도 뭐 무슨 연예인인가 가수인가를 개인적으로 잘 안다고 그러는데, 그 사람이 누군지 알려면 인터넷으로 검색을 해 봐야 한다.

- 깨끗한 피부에 하얀 치아를 가진 훈남. 좋은 집안 출신이며, 최상의 것을 누리는 데 익숙하다. 스노보드와 수상스키를 타고, 아버지가

선물해 준 자동차를 몬다. 친구들한테 자랑하라고 엄마에게 소개하기 좋다.

운이 좋다면, 그리고 이들이 좀 더 나이가 들면, 이런 특성들 중 몇몇은 없어지거나 빛이 바랜다. 긴 머리의 서퍼는 가게를 오픈하고 회계 장부를 기록하는 법까지 배운다. 거드름 피우며 악수하던 사람은 그렇게 잘난 체하는 것이 무안한 일이란 것을 알게 된다. 사람은 그렇게 배우게 된다. 여자들도 마찬가지다. 사람이 모든 걸 가질 수는 없다는 것을 알게 되는 때가 온다. 옛 인디언의 지혜를 빌려 말하자면

1. 매력
2. 위트
3. 안정적 감정

이 셋 중 둘만 고를 수 있다는 것.

만약 확보 가능한 최상의 인물을 물색한 뒤 부족한 부분을 보완하려 한다면? 그게 아마 가장 많은 스트레스를 불러오는 옵션일 것이다. 대다수의 여성들은 남자를 자기가 원하는 방향으로 바꾸려다 절망한다. 시각적인 변화를 일으키는 건 그나마 간단하다. 패션, 헤어스타일, 수염, 빨래판 복근, 뭐든 만들 수 있다. 그러나 불

쾌한 습관들은 어찌나 고집스러운지 모른다.

나는 L이 신고 던져 놓은 양말들을 바닥에서 수거할 때마다 짜증이 난다. 다른 사람들은 '그게 뭐가 그리 큰 문제야? 조금만 신경 쓰라고 하면 될 텐데' 하고 대수롭지 않게 생각할지도 모른다. 그치만 나는 몇 년째 이 짓을 하고 있다. 같은 일로 수년째 화를 내고 싫은 소리를 하고 있다.

반면 야나는 이를 별문제로 생각하지 않는다. 대신에 야나는 자기 파트너가 장을 봐서 돌아올 때마다 마구 화를 낸다. 그는 늘 이상한 빵에, 야나가 좋아하지 않는 종류의 잼이나 과육이 들어 있는 요거트를 사 온다. 달콤한 대신 시큼한 사과도 장바구니에 담겨 있다. 야나는 그 불쌍한 남친이 장바구니를 들고 현관문을 통과하자마자 부글부글 끓는다. 뭐 그런 걸 가지고 화까지 내냐고? 그렇게 생각할 수도 있다. 나 역시 조금 심하다고 생각한다.

그치만 우리를 화나게 하는 잘못들은 굉장히 사소한 것들이다. 아마도 당신의 남친이나 남편은 손가락을 딱딱 소리를 내며 꺾는 멍청한 버릇을 가지고 있거나, 깎은 수염을 세면대에 남기거나, 자동차 문이 잠겼는지 열 번도 넘게 다시 확인하거나, 식사를 하고 식탁에서 그릇들을 치우지 않거나, 거실에서 발톱을 깎거나, 약속 시간을 제대로 안 지키거나, 세 개를 부탁하면 두 개는 잊어버리거나, 드르렁드르렁 코를 고는 바람에 밤에 목을 조르고 싶거나 할 것이다.

물론 고칠 수 있는 습관도 있다(너무 과한 희망을 갖지 않도록 하기 위해 말해 두는데, 코를 고는 습관은 아니다).

L을 처음 알게 되었을 때, 그는 식사를 하려고 식탁에 앉기만 하면 이렇게 말했다. "조델레 누델레(Sodele Nudele)."° 집이건 식당이건, 심지어 공식 만찬에서 프랑스 대사가 수행원들을 대동하고 우리 테이블에 앉아 있는데도 그랬다.

그래서 나는 L이 테이블에 앉으려고 의자를 잡아당기기만 해도 벌써 스트레스를 받았다. 또 그 말을 할까? 나의 위협하는 눈길을 눈치채면, L은 정신을 바짝 차리고 조심했다. 하지만 생각이 어디 다른 데 가 있을 때면 어김없이 "조델레 누델레"라고 했다. 정말 미칠 지경이었다.

한번은 집 근처 이탈리아 식당에 갔는데, 막 피자가 나오자 L이 입을 열었다. "조…." 그러나 그 이상은 하지 못했다. 순간 내가 소리를 질렀기 때문이다.

"조델레 누델레라고 하지 마아아!"

손에 칼초네를 든 웨이터를 포함하여 그 자리에 있던 손님들이 전부 '저 여자 제정신인가' 하는 눈초리로 나를 보았다. L은 조용히 회심의 미소를 지었고, 나는 피자를 먹는 내내 그를 미워했다. 아

° 독일의 일부 지방에서 식사 전에 만족감을 표시하는 말로 별 의미는 없다. (옮긴이)

무튼 그렇게 해서나마 결국 나는 L이 "조델레 누델레"라고 말하는 버릇을 고치도록 할 수 있었다. 상당히 멍청한 방법이었지만 효과는 있었다.

전혀 효과가 나타나지 않은 것은 양말을 벗어 놓는 자리에 대한 문제였다. 나는 화를 내며 양말을 치운다. L은 여전히 안 치운다. 안네가 조언한 것처럼 그냥 내버려 두는 방법도 해결책이 되지 못했다. 그러면 바닥에 양말이 점점 더 많이 쌓여 갔다. 빨래를 하지 않아 L이 신을 양말이 다 없어지고 나면, 급기야 내 양말마저 야금야금 없어졌다.

내가 양말에 분개하고 야나가 자기 취향이 아닌 빵에 분개하는 것은 상대에게서 모종의 태도를 보기 때문일 것이다. 나는 L이 속으로는 이렇게 중얼거리고 있을 거라고 생각한다. "치우던 사람이 그냥 계속 치우겠지, 뭐." 야나의 마음에선 이런 목소리가 들려올 것이다. "그 사람은 너 신경도 안 써. 그게 아니라면 네가 뭘 좋아하는지 벌써 알았겠지. 안 그래?"

웃긴 건 내가 10대 때 엄마와 부딪쳤던 일이 자꾸 생각난다는 거다. 나는 늘 옷을 벗어서 아무렇게나 방바닥에 팽개쳐 놓곤 했다. 엄마는 화를 내면서 이렇게 말했다. "넌 치우던 사람이 치워주겠거니 하는 거지?" 그치만 그런 생각으로 옷을 벗어 둔 건 아니었다. 옷을 내팽개칠 때 엄마를 떠올리면서 그런 것은 맹세코 아니었다.

아마 L도 아닐 것이다. 또 나는 야나의 남자 친구가 야나를 무지하게 사랑하고 야나를 위해 뭐든 할 거라는 걸 안다. 다만 어떤 빵을 사 와야 하는지만 잘 모르고 있을 뿐이다.

종합해 보면, 나는 10년째 매일 아침 양말 가지고 화를 내고 있다. 이해가 가는가? 고작 양말 때문에! 10년이다! 다 합해서 생각하면 정말 엄청나게 많이 화를 낸 것이다. 10년 동안 화를 내든 안 내든 결과는 같았을 것이다. 양말을 주워서 빨래통에 다시 집어넣어야 한다는 결과 말이다. 최소한 화라도 안 내는 게 나았을 텐데. 마침내 나는 세기의 깨달음을 얻었다.

화를 내지 않는 사람은 화가 나지 않는다.

또는 부처님의 표현처럼,

계속 화를 내는 것은 누군가에게 던지려고 이글거리는 숯덩이를 손에 들고 있는 거나 마찬가지다.

나는 결심한다. 더 이상 남자 친구의 이런 사소한 결점을 가지고 화내지 않기로. 물론 결심만으로는 별 도움이 안 된다. 아무리 결심해도 화가 나는 건 막을 수 없고, 결심을 실행에 옮길 수 없어서 더더욱 화가 난다. 도움이 되는 것은 다음과 같은 생각이다.

L은 특수한 시각장애를 가지고 있다. 그의 시각적 지각 능력은 이 섬유로 된 발싸개에 대해서만큼은 제한되어 있어서, 결코 제대로 된 처리가 불가능하다. 아마도 이런 시각장애는 바닥 근처의 섬유를 지각하는 것이 힘들어지는 바닥맹(?)과 관계가 있을지도 모른다.

야나의 파트너는 특별한 건망증에 시달리고 있다. 그의 기억은 야나가 어떤 물건들을 좋아하는지와 관련하여 장애가 있다.

그냥 '그래, 이 인간은 기억을 못 해. 우이 씨!' 하고 마는 편이 매일 화내고 토라지는 것보다 훨씬 쉽다! 양말 안녕! 화내는 것도 안녕! 반대로 L이 근사한 신발에 대한 나의 열정을 정형외과적 요소를 갖는 중독 정도로 보아 준다면 기쁠 것이다.

그렇다고 당신의 파트너가 어느 날 갑자기 20대 중반의 금발 아가씨에 대해 강렬한 선호를 보이는데도, 이를 특정 색소에 대한 선호를 보이는 감염병쯤으로 여기고 분개하지 않을 수는 없는 노릇이다. 이런 경우에는 도리어 파트너 쪽에서 당신과 이별하려는 증상일지도 모른다. 하지만 당신의 '달링'이 소소하게 신경을 거스를 뿐 전반적으로는 좋은 파트너라는 생각이 든다면, 사소한 일일랑 그냥 무시해 버리자.

자, 여기서 널리 퍼져 있는 몇몇 증상에 대한 실제 원인을 파악해 보자.

그의 행동	나의 해석	실제 원인
화장실의 화장지를 다 썼는데 새것으로 갈아 끼우지 않는다.	내가 화장실에 앉아 화장지가 없어서 어쩔 줄 모른다 해도 저 인간은 상관하지 않는다.	휴지에 관한 한 극도로 제한된 단기 기억을 갖고 있다.
기념일, 생일 등을 잊어버린다.	우리의 관계를 중요하지 않게 생각하는 것이 틀림없다.	장기 기억력 또한 제대로 작동하지 않는다.
치약을 쓰고 뚜껑을 열어 놓는다.	나를 청소부쯤으로 여기는 거겠지!	치약 뚜껑 공포증.
내 말을 귀 기울여 듣지 않는다.	내게 도무지 관심이 없다.	청각 능력에 문제가 있음.
코를 곤다.	내가 잠을 자든 못 자든 신경을 안 쓴다.	기도 폐쇄.

여기서 당신의 파트너를 위해 당신 자신의 별난 버릇 표를 작성해 보는 건 어떨까? 그리고 나서 그 현상에 해당하는 의학적 원인을 메모해 보자. 그리고 나서, 유후! 그냥 더 생각하지 말자!

나의 행동	그의 해석	실제 원인

맺음말

이 책을 읽는 동안 기분이 몇 번 상했을지도 모르겠다.

당신이 좋아하는 밴드를 나쁘게 말했을지도 모르고, 당신이 좋아하는 스포츠를 비하했을지도 모른다. 당신은 나의 상사일지도 모르고(안녕하세요, 데틀레프!) 어쩌면 나는 내가 모르는 방식으로 나를 곤경에 밀어 넣었는지도 모르겠다. 무엇이 되었건 기분 나빴더라도 그냥 무시해 버리길 바란다. 나쁜 의도는 없었다. 나는 즐겁지 않은 일들과 이별하는 게 얼마나 놀라운 일인지, 나의 얘기를 통해 구체적으로 보여 주려고 했을 뿐이다. 내가 싫은 것은 당신이 싫은 것과는 물론 다를 것이다. 그러므로 원한다면, 당신 역시 이런저런 것들과 이별할 수 있을 것이다. 아무도 말릴 수 없다. 그런 의미에서 파이팅! 그리고

올레!

bye bye~